KB009090

사랑하는 일이 인간의 일이라면

봄날의 시집

설하한 지음

봄날의책

내게서 그리고 문학과 언어를 포함한
모든 교환 체계에서
너를 구하길.

2024년 1월
설하한

차례

1부

여우 이야기

아이는 얼굴을 훔쳤다
최초의 얼굴은 부모가 훔쳐 온 것이었는데
아이는 그것이 썩
마음에 들지 않았다

아이는 사실 여우다
한 인간이 아이를 배었을 때
그 아이에겐 영혼이 없었다
그것을 본 여우가 아이의 몸속에 들었다

아이는 살아가면서 계속 다른 얼굴을 갖게 된다
각각의 얼굴은 특정한 과거를 불가능하게 만들어
아이는 자신이 여우였다는 것을 조금씩 잊어버린다

아이는 늙어 죽은 후
자신이 여우였다는 것을 깨닫고
인간이었던 시간을 인두겁과 함께 벗어버린다

그를 사랑했던 이들이 우는 얼굴로 모여
여우에 관한 이야기를 부정하고

아이가 한 번도 갖지 않은 얼굴과 표정을 발명해낸다

누수소년

모두를 사랑하길 바라자
바닥에 소년이 쏟아진다

소년은 꿈을 꾼다
냉장고에서 차갑고 어두운 네모가 되고
꽃병에선 붉고 향기로워지는 꿈

쏟아진 물고기가 바닥에 누워 헐떡이자
소년은 꿈에서 깨어 다시 어항이 된다
물고기는 자리를 되찾아
소년의 가슴에서 헤엄친다

기계가 되면 비로소
창을 힘껏 움켜쥔 병사처럼 고백할 수 있을까
　소년의 물음에 물고기가 속삭였다 네가 태어났을 때부
터 어항이었듯
　넌 태어났을 때부터 훌륭한 병사였어
　소년은 아무에게도 사랑한다 하지 않았는데
　조금씩 줄줄 새고 사라진다
　물고기는 더 자란다

몸이 한없이
자라고 열리는 소년의 꿈
무한하게 감수분열 하여
아이가 된 무한 명의 소년이
무한히 선언하거나 유예하고
입 맞추고 뺨을 올려붙이고
폭정을 일삼고 혁명을 일으키고
빌딩을 불 지르고 드럼통에 불을 땐다
촛불은 죽은 고래들을 위해 기도하는 손처럼 타고
교량을 태우는 불은 못 박힌 사람들처럼 탄다
소년이 끓어 공중을 흘러 다니고 내리고
쓸어버리고 넘치고 가물고 몰아치다
무한히 사랑을 고백하는
다중우주 꿈

꿈을 꾸는 동안에도 소년은 조용히 새어 나간다

지구 반대편에서 사람이 쓰러진다

웨더 언더그라운드

지난 겨울날 관측할 수 없는
기후를 믿게 되었다
손에 가만히 쥐어보는
따뜻한 조약돌 같은 기후

장마철 누군가가 잃어버린 우산을
주워 쓰고 집으로 돌아올 때면

오래전 사라진 단체가 생각났다
지하에도 기후가 있고 땅 위에서 발을 딛기만 해도
땅속에 천둥과 검은 번개가 치고
흙비에 젖는 사람들이 있다 믿었던 단체

바보 같고 이상한 믿음을 지닌

내가 끝없이 늘어서 있는 엘리베이터의 거울
우리가 각자 다른 우주에 내리고
우리 중 누군가 우산을 주우면
누군가는 잃어버릴 거라는
엘리베이터에서 가졌던 가짜 신앙

자갈을 주우면 안식처를 잃고 떠내려가는 물고기의 유해
물장구를 치는 아이들과 흙물에 잠기던 수면의 얼굴들
지난 성탄절 손난로를 쥐여 주며
교회에 다니라 말을 걸던 할머니와
비를 맞으며 뛰던 초등학생
우리는 같은 층에서 내리지는 않았지만

비가 오면 우산을 하나 더 챙겼고
발목을 자르는 꿈을 자꾸 꿨다

새가 태어나는 올리브

이스라엘은 올리브가 유명하다
통조림을 열자 씨가 제거된 올리브가 가득 차 있다
나는 올리브를 접시에 올려둔다

빈 땅에 유대인들이 올리브를 심는다
고향에서 쫓겨난 사람들
2006년 11월 한 할머니는 마지막 손자까지 잃자
몸에 폭탄을 두른다
가족을 잃은 유대인들이 슬퍼하고

만약 보복하지 않았다면 만약 손자가 죽지 않았더라면
만약 올리브를 심지 않았더라면 만약 아무도 쫓겨나지 않
았더라면
만약 만약 그리고 또 만약
생각이 정전되자

어둠 속에서 올리브가
접시에 뿌리를 내린다
그것은 자라 나무가 된다 올리브가 열린다
새들이 날아들어 올리브를 먹고 씨앗을 퍼뜨린다
올리브 숲에 새들이 날아들고
새들은 열매를 먹고 알을 낳는다

불이 다시 돌아오자
올리브 숲이 사라진 테이블

접시 위에 놓여 있는
돌아가신 나의 할머니

마대의 예감

파도가 현무암에 부딪혀 부서지고
부서진 파도가 흰 포말이 되어 사라졌다
무리 지어 서 있는 몇몇 사람들이
하얀 날개를 가진 풍력발전기를 바라보았다

사람들은 보통 흰색을 좋아한다
진화심리학의 한 학설에 따르면 인간이 아름다움을 느
끼게 된 이유는 그것이 생존에 유리했기 때문이다
우리는 현무암으로 이루어진 키가 작은 돌담에 걸터앉아
발전기의 날개를 돌리는 저 힘이
우리를 구해줄 거라는 이야기를 나누며
한참 발전기가 있는 풍경을 바라보았다

우리는 길 건너 카페에서 음료를 마셨다
블렌더가 굉음을 내며 과일과 얼음 따위를 찢어발겼다
나는 자몽에이드를 마셨다 풍력발전기 아래에서 죽은
새를 줍는 사람의 형상을 생각하며
그리고 그 사람이 끌고 다니는 하얀 마대가 조금씩
붉게 물드는 이미지를 생각하자
사레들렸다
셔츠가 붉게 물들었다

코인을 넣자 세탁기가 동작하고
파도가 현무암을 씻어내듯
거품이 셔츠의 얼룩을 흔적도 없이 지웠다
누구의 잘못도 아닌 일들

도로에서 누군가가 차에 치였고
얼마 후 흰 승합차에서 내린 사람들이 그를 들것으로 옮겼다
승합차 위의 경광등은 미친 듯이 돌아갔고
세탁기가 금속음의 비명을 내질렀다
나는 그동안 도로가 저녁노을에 조금씩 새빨갛게 물드는 것을
벽에 기댄 빈 마대처럼
우두커니 지켜보았다

수변공원

봄이 와서 우리는
수변공원 주변을 걸었다

걷다가 네가 멈춰 서서 말했다
앵두나무 아래에 놓인 의자에서 한 할머니가 조금씩 흐
려지고 있다고
그런데 애초에 의자에는 아무것도 없어서
잘못 보았을 거라고 나는 말했다
너는 눈을 비비고 고개를 갸웃거렸고
우리는 잠시 그곳에 서서 의자를 바라보다가 다시 걸었다

만개한 꽃들로 공원은 아름다웠고
공원 주변엔 낡고 오래된 살림집을 개조한 카페들이 늘
어서 있었다
카페 앞 테라스에선 젊은 사람들이 커피를 마시며 케이
크를 먹거나 서로의 사진을 찍어주었다

수변공원 주변 일대는 곧 재개발이 된다고 했다
우리는 젠트리피케이션에 대해서 이야기했다
쫓겨나는 사람들에 대해 그들이 살던 집에 대해 이야기
했다
공감하면서 그리고 충분히 슬퍼하면서

우리는 주변 골목을 걸으며 곧 사라질 동네를 구경했다
동네에는 낡은 연립빌라와 주택이 많았고 사람들은 이
곳저곳에서 골목을 배경 삼거나 피사체로 삼아 사진을 찍
었다
여러 사람이 한 살림집 앞에서 사진을 찍고 있었는데
창문에는 고풍스러운 커튼이 드리워져 있었고
커튼 너머 그림자가 어른거렸다
우리는 정말 앤티크한 집이라고 이야기를 나누었다

골목을 빠져나가며 지갑을 떨어뜨렸는데
사진을 찍고 있던 사람들이 지갑을 주워 주었다

집으로 돌아가며 또 이야기를 나누었다
수변공원이 있는 동네에서 보았던 것들에 대해
지갑을 주워준 선량한 사람들에 대해

연남동

천장에선 쥐들이 뛰어다녔고
철길에는 하루에 몇 번
시멘트나 석탄을 실은 화물열차가 다녔다
마을 할머니들은 철길 옆에 텃밭을 만들어 상추나 고추
를 심었다
그중 몇몇 할머니들은 중국어로 대화했다

철길은 마을 한가운데를 가로질렀고
대부분의 길은 끊어져 있었다
때문에 사람들은 철둑에 난 굴다리로 길을 오가야 했는
데
나는 다른 아이들처럼 철길 철조망에 뚫린 개구멍을 지
나서 학교를 갔다

철길에는 잠자리가 많았다
나는 친구들과 함께 철길에서 잠자리를 잡았고
기차가 오면 백 원 동전을 철로에 놓아
납작하게 만들었다

이따금 철길에서 칼에 찔려 죽은 사람이 발견되었다는
소문이 아이들 사이에서 돌기도 했다
천장에선 쥐들이 뛰어다녔다

연남동은 기사식당 골목이 유명했고
거리엔 항상 돼지 누린내가 났다
식당에선 거리에 시래기 삶은 물을 내다 버렸고
길에는 발목까지 빠지는 검은 웅덩이가 곳곳에 있었다

식당 앞에 놓인 의자에 앉아 한 손에 종이컵을 들고 담
배를 피우던 기사 아저씨는
이 길을 따라 쭉 올라가면
곧 연희동이라고 했고
정말 부자만 사는 동네라고, 전직 대통령도 거기에 산다
는 이야기를 해주었다

쥐들은 천장에서 새끼들을 낳았다
낮에는 옆집 늙은 부부가 서로에게 쌍욕을 퍼붓는 소리
가 들려왔고
저녁에는 악에 받친 소리와 비명 뭔가 부서지는 소리가
우리 집 거실에서 들려왔다
새끼들은 끊임없이 찍찍거리며 울어댔고
천장에선 쥐들이 뛰어다녔다
나는 철로 위의 동전처럼 납작하게 누워 있었다

천장에 쥐덫을 놓았다
누군가가 상가에 불을 질렀다
불을 지른 사람은 차이나타운 건립 반대자라고 했다
쥐는 잡히지 않았다

동네에는 유명한 중식당이 있었다
나는 한 번도 가지 못했지만
친구들은 가족 모임이 있으면 그곳에서 밥을 먹는다고
했고
그곳은 연희동에 사는 전직 대통령의 단골 가게라고 했
다

우리 집은 깊은 골목에 있었다
내가 고등학생일 무렵 집 앞 골목에서
촬영하는 일이 종종 생겼고
천장에선 여전히 쥐들이 뛰어다녔다
엄마가 보는 드라마에도 종종 집 앞 골목이 나왔다
드라마 속 배우들은 드문드문 놓인 골목의 가로등 아래
에서
연애를 하거나 싸우거나 헤어졌다

그 시기쯤 누나가 야자를 끝내고 오는 길에
동네 어귀부터 한 남자가 계속 따라온 적이 있었다
누나는 그 남자에게서 도망치려 큰길로 달려 나가
지나가던 아줌마를 엄마라고 부르며 팔짱을 꼈다고 했다

그 일 이후 누나는 집에 올 때
큰길에 있는 공중전화로 집에 온다고 연락을 했고
나는 마중을 나갔다

동네에는 낯선 가게가 하나둘 생겼고
젊은 사람들이 골목골목을 구경하며
몇몇은 창문을 통해 살림집들을 들여다보기도 했다
내가 다니던 낡은 만화방은 문을 닫았다

쥐약을 풀자 얼마 후 쥐들은 뛰어다니지 않았다
철둑이 사라질 즈음 몇몇 친구들은 다른 동네로 이사를
갔고
기사식당은 하나씩 사라졌다
거리엔 더 이상 누린내가 나지 않았고
줄지어 있던 택시도 없었다

철둑이 있던 자리에 공원이 들어선 이후
우리 집도 다른 동네로 전셋집을 옮겼는데
공원 곳곳에는 철로 일부가 정말로 남아 있는 것마냥
철로가 설치되어 있었고

가끔은 그 철로 위에 잠자리채를 든 내가
구정물에 빠진 신발을 질질 끌며 집에 가는 내가
철조망에 찢어진 책가방을 연신 고쳐 메는 내가
길을 잃은 채 우두커니 서 있었다

새 이야기

당신이 작은 새를 기른다고 하자 새를 아주 사랑한다고
하자

새가 병으로 혹은 불의의 사고로 영영 잠에 든다
당신은 새장을 더 청결하게 못한 걸 또는 문틈을 확인하
지 않은 채 문을 닫은 걸 자책한다
당신이 짧게는 십 년 길게는 몇십 년을 더 산다고 하자

천국이 있다고 하자 새가 천국에서 당신을 기다린다고
하자
당신도 천국에 간다고 하자 당신은 새를 만나 미안하고
기뻐서 엉엉 운다

새는 당신을 낯설어한다 당신이 새의 이름을 아무리 불
러도 새는 고개만 갸웃거린다
당신은 너무 늙어버렸다

당신은 새의 곁에 머물고
새가 당신 옆에서
당신을 영원히 기다린다고 하자

당신이 깨어 있다고 하자 당신이 이곳에서 이야기 하나
를 읽었을 뿐이라고 하자

죽음 연습

창밖으로 나무들이 흔들린다 아일랜드인들이 어두운 펍
안에서 흑맥주를 마신다

이곳은 더블린의 나무들로 만들어졌다 나무들은 긴 역
사를 가진다 1845년 아일랜드에

감자마름병이 돈다

베케트는 원하지 않는다 이런 걸 이따위 것들을 그는 펍
을 나간다

흑맥주를 나는 마신다

손은 맥주잔을 투과하지 못한다 세계는 그런 확고함으로

흑맥주만 아니면 돼 베케트는 아일랜드를 떠난다 나는
아직 더 마실 수 있고

베케트는 잊으려 프랑스어로 글을 쓴다

흑맥주 흑맥주

잔은 조금씩 투명해진다 반투명해진 잔이 좌우로 늘어
난다 손이 잔을 통과한다

함락된 파리에서 베케트는 비밀문서를 나른다 아일랜드
는 참전하지 않았다 게슈타포가 베케트를 쫓는다

잊을 수 있다 잊을 수 있다 리베라시옹

리베라시옹 드 파리

서치라이트가 베케트를 덮친다

그들은 무대 위에서 기다린다

잎사귀가 마른다 나무는 가문비나무였다가 쌓여 있는 썩은 감자 무덤이었다가 아사한 농부들의 시체 더미였다가 죽은 사람을 걸어놓는 형벌 나무였다가

나무는 나무여서

베케트는 체포당하지 않는다

쓰러진 맥주잔을 일으켜 세운다

창밖 나무에 흰 두개골이 걸려 있다 영혼이 있다면

내부를 들여다볼 수 없는 어두운 돌 같은 것이라 믿는다

나는 눈을 감고 천천히 흑맥주를 안에 채워 넣는다

더 더 그리고 더 자라난 나무가 흰 두개골을 부순다

두개골 내부의 어둠이 흩어진다

이만 가지 베케트가 말한다

다시 잔을 채운다 취한 돌들이 나무 아래에서 잠을 잔다 기다리지 않은 것들이 이방인들처럼 들이닥칠 것이다

베케트는 바람이 몹시 부는 안식일 전날

태어난다

어둠X

펌은 커피를 휘젓습니다. 각설탕 일곱 개가
새까만 소용돌이 속으로 사라집니다.
과학 선생이 펌이 타준 커피를 받아듭니다.

펌은 단 한 번 나쁜 짓을 저지른 적이 있습니다.
과학실에서 그랬습니다. 포르말린이 가득 찬
표본 통에 담겨 있는 새와 개.
죄는 보존됩니다.
너무 단 커피를 마셨을 때처럼
펌은 시달립니다.

결국 모든 것이 밝혀질 겁니다.
과학 선생이 우주에 대하여 말했습니다.
새와 개의 내장이 훤히 보입니다.
펌이 그림자에 잠긴 화단을 내다봅니다.
목격자들처럼. 화분에서 쏟아진 흰 꽃들이 누워 있습니다.
사고뭉치 고양이들이 마구 뛰기라도 한 걸까요?

펌은 뒹굴고 있는 검은 고양이를 교정 뒤편에서 보았습니다.
뱃가죽이 파헤쳐져 있습니다.

핌은 고양이를 묻어주었습니다.

핌은 짝꿍의 생선을 대신 먹어주기도 하는 아이입니다.

반성하고 또 반성합니다.

결국 차갑게 식을 것입니다.

최후에는 모든 것을 잡아먹은 가장 어둡고 무거운 것만이 남아 있을 것입니다.

과학 선생이 우주에 대해 말했습니다. 핌은 상상합니다.

나선은하를 빨아들이는 블랙홀에서 은하고양이가

알처럼 몸을 둥글게 말아서 빠져나가는 모습을.

핌은 이불 고치 속에서 웅크려 잡니다.

헤엄칩니다. 어둠이 수면을 휘돌며 핌을 쫓아오고 있습니다. 마주합니다. 됩니다. 가라앉습니다. 핌이 변론합니다. 저는 나쁜 아이입니다. 맞습니다. 그러나 모두

부결됩니다.

활강합니다. 거대한 망치가 핌을 세 번 내려칩니다. 핌이 있던 자리에 반향만 남았습니다.

깨어나면 팔뚝에 비늘 같은 땀이 맺혀 있습니다.

사흘입니다. 다시 꿈을 꿉니다.

알려졌습니다. 모두가 알게 되었습니다.

핌은 더 이상 학교에 나오지 않습니다.

꽃들은 자꾸 눕고 죽은 고양이들은 계속 발견됩니다.

새와 개는 유리병에서 풀려났습니다. 내장을 드러낸 채 바닥에 누워 있습니다. 여전히 말이 없습니다.

고양이들의 짓일까요?

교정 뒤편에 버려진 종이컵 안에서 개미들이 남은 설탕 알갱이들을 핥고 있습니다. 그러니 나는 은하생선들도 있다고 믿기로 합니다. 은하고양이들의 손아귀에서 벗어나면 은하로 떠난 은하생선들도 있다고 말입니다. 나는 생선의 행방을 생각해보기로 합니다.

핌. 돌아오길 바랍니다.
우주의 오 퍼센트만이 물질입니다.
핌이 알지 못하는, 핌을 알지 못하는
새와 개가 있습니다. 영영 그럴 것입니다.
과학 선생은 여전히 단 커피를 마십니다.
꽃이 지고 있습니다.
핌. 핌.
우주의 계절이 겨울로 향하고 있습니다. 교정 뒤로 검은 고양이가 돌아와
허리를 구부려 배를 핥고 있습니다.

Why did the picture go to jail?

Because he was framed!

①.

미국인 찰리 씨는 칠리 콘 카르네를 사랑해서 아침 점심 저녁으로 토르티야와 함께 칠리 콘 카르네를 먹었다

찰리 씨는 칠리 콘 카르네를 너무 사랑한 나머지 매일 멕시코 모자를 쓴 채 테킬라를 마셨고 피부를 태우기 위해 세 시간씩 누워 있곤 했다

하지만 찰리 씨의 흰 피부는 칠리 콘 카르네처럼 붉어지기만 했고 타지 않았다 찰리 씨는 테킬라를 너무 많이 마신 나머지 급성 알코올성 간염에 걸려 병원에 입원하고 말았다

찰리 씨는 간염이 다 나으면 멕시코에 가서 진짜 칠리 콘 카르네를 먹기로 다짐했다 하지만 찰리 씨는 병원 침대에서 죽고 말았다

칠리 콘 카르네가 멕시코식 미국 음식이란 것을 알지 못한 채

◎.

카를로스 씨는 잡히지 않고 국경을 넘을 수 있었으나 국경 수비대가 쏜 총에 얼굴을 크게 다치고 말았다

카를로스 씨는 지하 클리닉에서 얼굴 수술을 받았는데 의사는 얼굴이 있던 자리에 거울을 달아주었다

카를로스 씨는 아파트 복도에서 이웃들을 마주칠 때면 종종 상반되는 이야기를 듣고는 했다

이를테면 야간 경비일을 하는 맞은편 방의 늙은 남자는 카를로스 씨는 매번

얼굴에 얼룩이 많군요 건강 조심하셔야겠어요 하고 인사를 했는데

십 분 후쯤 옆집에 사는 건방진 여섯 살짜리 꼬마는

아저씨 언제나처럼 얼굴이 반짝반짝 깨끗하네요 나만큼은 아니지만요라고 인사를 건네는 식이었다

그런 인사에 진절머리가 난 카를로스 씨는 매일 아침

영화배우들의 얼굴에서 마음에 드는 눈 코 입을 찾아 자신의 얼굴에 그렸다

그는 점차 자신이 원하는 대로 얼굴을 그려 넣을 수 있게 되었다

카를로스 씨가 인상을 갖게 되었음에도 불구하고 이웃들이 카를로스 씨에게 건네는 인사는 변하지 않았고

카를로스 씨는 결국 얼굴을 그리지 않게 되었다

②.

처칠은 칠리라는 어린 앵무새를 키웠다

런던이 공습당했을 때 처칠이 벙커로 들어가면서 가장 먼저 챙긴 것도 칠리였다

처칠은 칠리에게 말을 가르치곤 했다 처칠이 말하면 칠리가 그것을 따라 했다

FUCK HITLER FUCK NAZI

PAPA, FUCK HITLER FUCK NAZI

칠리는 파파에게 아몬드를 받아먹고 그의 손에 얼굴을 비빈다

사람들은 욕하는 앵무새를 싫어하고

처칠이 죽은 후 칠리는 이리저리 팔려 다닌다

아이 몇 명은 칠리에게 Hello 혹은 I love you 같은 말을 가르쳐주려 했다 그때마다 칠리는

FUCK HITLER FUCK NAZI

라고 대답했지만

아무도 아몬드를 건네지 않았고 칠리는 자신의 낡은 횃대에 혼자 얼굴을 비벼야 했다

훗날 칠리는 아무도 없는 집에서 횃대에 얼굴을 기댄 채 눈을 감았다

?.

스테파니 씨는 복도 끝 벽에 걸린 거울을 보다가 카를로스 씨가 현관을 열고 나오는 것을 봤다

스테파니 씨는 거울에서 눈을 돌리지 않은 채 카를로스 씨에게 인사를 건넸다

안녕하세요 카를로스 씨 좋은 날이에요 이사 온 지 얼마 되지 않아 아직은 이곳이 낯설지만요 카를로스 씨는 어떠세요?

카를로스 씨의 얼굴에 스테파니 씨의 뒷모습이 비치고

그의 얼굴 속 스테파니 씨의 뒷모습은 스테파니 씨가 보고 있는 거울에 다시 반사되었다

카를로스 씨는 거울에 비친 자신의 얼굴에서

스테파니 씨의 앞모습과 뒷모습이 끊임없이 반복되는 것을 봤다

엘리베이터를 타고 내려간 스테파니 씨가 아파트를 빠져나간 후에도

카를로스 씨는 자신의 얼굴 어두운 저편으로 스테파니 씨의 앞모습과 뒷모습이 사라지는 것을 지켜보았다

그날 이후로 카를로스 씨의 얼굴은 점점 금이 가서 후일 거울이 얼굴에서 떨어졌고

몇 달 후 이민단속국은 카를로스 씨를 잡아서 추방한다

○.

스테파니 씨는 진탕 취해서 부루마불에 쓰이는 화폐를 들고 가게에서 과자를 사려고 한 적 있었다

그때 일을 생각하면 스테파니 씨는 얼굴이 붉어지곤 했다

스테파니 씨는 전에 사귀던 남자가 죽었다는 이야기를 들었다

남자는 칠리 콘 카르네라는 멕시코 음식을 광적으로 좋아했다

스테파니 씨가 어렸을 때 잠깐 키운 새는 말을 가르쳐도 fuck hitler fuck nazi라고 욕만 했는데

그 새만큼이나 그가 멍청하다고 기억했다

남자의 집에선 거대한 호텔이 보였는데 저녁이 되면 호텔 건물은 빛을 받아 붉게 빛났다

어느 날은 남자가 스테파니 씨의 어깨를 잡고

멀어질수록 붉은 호텔이 창문을 가득 메우며 점점 더 거대해지는 것을 보여주었다

스테파니 씨는 남자가 방 안에 칠리 콘 카르네가 가득 찬 것 같아 기분이 좋다는 말로 빼놓지 않고 분위기를 깬 것을 기억해냈다

남자가 죽었다는 소식을 들은 스테파니 씨는 그날 저녁
집에 놀러 온 친구에게
　멀어질수록 건물이 거대해지는 것을 보여주었는데
　친구는 그냥 착시현상일 뿐이잖아라고 말했고
　스테파니 씨는 대답했다
　그렇지

작은 세계

세계가 흔들린다

집은 눈보라에 둘러싸인다
우리 약속을 쌓아 만든 집
지붕이 먼 내일로 자라는 집

너와 손을 잡고 걷자
곧게 뻗은 텅 빈 거리가 끝나지 않고 계속될 것만 같은
예감이 들던 밤
담요를 덮고 앉아 티브이를 보며
귤을 나눠 먹는 아침
우리가 함께한 것과 함께하지 못한 것들이
뒤엉켜 몰아친다

너와 내 유령은 왈츠를 춘다
단념하자 유령들은 점점 더 투명해지고
눈이 내린다

우리는 어떤 가능성을 위하여 우리에게 주어진 밤거리
를 폐기한 것일까
폐기된 것들은 왜 더 아름다워지는지
너와 내 유령이 어디로든 뻗은 설원을 걸어간다

깜깜한 폭설이 조용히 내린다
집이 무너진다

스노볼이 사라진다

한 닫힌계와 그 밖의 슬픔들

한낮의 한강변에 앉아 마음에 대해 생각한다
슬픔인 것 하지만 슬픔은 아닌 것들, 마음이지만 마음은
아닌 것들에 대해서

아이의 글러브에서 흰 공이 빠져나온다 아이가 공을 던
진다
감정이 살갗에 툭 불거져 나온 뼈처럼
만질 수 있는 물질이라서 주고받을 수 있다면
우리는 우리를 잘 이해할 수 있을까
다른 아이가 그 공을 받는다

내가 '아' 하고 말했을 때 너는
'어' 하고 되물었고
영영 이해하지 못했다
물살에 부딪힌 빛이 깨어져 흩어진다
빛이 빛을 넘어서 다른 것이 되어가고
물살이 물살을 넘어서는데
마음은 마음을 넘어서지 않고
몇 개의 문이 닫힌다
두 아이가 주고받던 공이 내 옆으로 떨어진다

손에 쥐자 단단하고 따뜻한 공

그것을 강물에 던져

버릴 수도 있겠지만 두 아이에게 공을 돌려줄 수도 있었
겠지만

어째선지 나는 잠시 아이들과 공을 주고받는다

아이들의 다음 공놀이에 나는 없을 것이지만 두 아이는
또다시 공놀이를 이어나가겠지만

언젠가 공놀이에서 둘 중 하나가 사라지겠지

그때가 된다면 남겨진 아이는 또 다른 아이와 공놀이를
이어나가거나 공놀이를 그만둘지도 모른다고

공놀이 밖의 공놀이를 생각하다가

날아오는 공을 놓친다 공이 머리를 때린다

아파서 너무 아파서 웃음이 나오고 두 아이도 따라 웃고

우리는 한동안 같이 웃었다

두 아이가 둑에 난 터널을 통해 이곳을 빠져나간다

나는 괜히 손을 둥그렇게 말아서 해를 쥐어보았는데

곧 해는 지평선 너머로 빠져나갔다

강물에 빛은 없었고

물살은 물살일 뿐이어서

더는 생각하지 말아야지 더는 마음 쓰지 말아야지

공원을 빠져나가려는데

터널 입구 옆에 낡고 오래된 공 하나가 버려져 있었다

공을 주워 벽에 있는 힘껏 던지자 벽에 부딪힌 공은 튕

겨 나왔다

터널을 빠져나왔는데

내 그림자는 주인도 없이 강변에 남아

벽에서 튕긴 공을 받아내고 다시

벽에 공을 던지며

공놀이를 하고 있었다 공놀이를 영원히 이어

나갈 것처럼

어둠 증명

연인 한 쌍이 빛을 쏘아 올리고 있다
네 손을 잡으면 발생하는 믿음이 있었고 너와 나는
우리 손안의 작고 따뜻한 어둠을 새라고 불렀는데

빛이 찢어진다 물살에 빛이 일정한 빈도와 크기로 무늬
를 그린다
너는 우주에 모든 빛이 사라지는
먼 미래에 대해 말해주었지
그때 수면에 반사된 빛이 네 얼굴과 사람들의 얼굴에
같은 무늬를 그리고 있었는데 나는
그런 미래를 믿지 않았다

찢어진 빛이 사라진다
연인이 서로를 향해 웃는다

연인이 서로의 손을 잡고 걷는다 나는 지켜본다 바닷가
를 빠져나가는 너와 나를
왼손을 둥글게 말아 쥐면
손안에 있는 것이 새인지 새의 반쪽인지 과거는 미래가
될 수 있는지
묻고 싶은 것이 많았지만 손을 펼치면

사람들의 어떤 표정은 내가 가진 표정과 닮았다는 걸 알
게 되었다
증명할 수 있는 것이 없어도
사람들은 우리가 키운 새에 대해 믿어주었고

나는 알 수 있는 것들이 생겼다
계절마다 새들이 수평선을 넘고 맞잡은 손마다 어둠이
웅크려 있는 것을 새들이 알을 낳는 일과 밝은 대기가 새
를 보듬는 영원을
그렇게 먼 미래에 우리가 같은 얼굴과 표정으로
되돌아오는 것을 상상할 수 있는데
사실은
우리가 몇 번이고 가능한 패턴이라면 프랙털의 일부분
일 뿐이라면
새를 보듬는 대기 속으로 너와 내 얼굴이 사라진다
표정만 남는다

아니 사람들은 아무것도 이해하지 못한다 나는 이미지
를 폐기한다
미래에는 어떤 빛도 없다는 것 새가 나를 떠날 것을 이
해한다

빛을 부수는

밤에 그네를 타면 갈 수 있을 것만 같다

우리는 그네에 앉아 이야기를 나누곤 했다 그네에 드리운 어둠이 조금 휘어 있다

속력이 붙기 시작한다 지구 탈출 속도는 11.2km/s

팽팽해지는 사슬 미세히 진동한다 스치는 공기가 삐걱거린다 정말 어딘가로 어둡고 어두운 곳으로

붕 뜨면 몸무게가 느껴지지 않는다 소련은 개를 태운 위성을 발사했다 쿠드랍카는 우주로 떠났다

너는 영영 돌아오지 않았다

소련의 위성은 지구 주위를 돌다가 대기권으로 떨어졌다 나는 착지한다 그네 안전펜스도 넘지 못한 채

사슬이 요동친다 그네의 리듬이 부서져 있다

너는 이야기를 나누다 갑자기 울음을 터트리곤 했다 네 얼굴에서 길을 만들며 흘러내리는 빛을 봤다 어깨가 들썩일 때마다 빛이 흔들렸다

나는 너무 캄캄하지 않은

적당한 어둠에 마음을 담가놓은 채 죽지 않았고

한 과학자는 물체가 빛의 형태로 에너지를 뿜어내면 질량을 잃는다는 것을 알아냈다

아무것도 보이지 않는 어두운 곳을 보고 있으면 아무것도 보이지 않고 보이지 않다가
캄캄한 빛이 보인다

나는 너와 대화할 수 있다

달에는 "우리는 모든 인류의 평화를 위해 왔다"라는 문장이 새겨진 기념 플레이트가 있대
나는 어둠을 휘어놓는 것이 무엇인지 모른다 외우주로 나간 탐사선은 모든 기능이 정지해 우주 저편으로 멀어질 예정이다
플레이트가 달에 놓일 때 베트남에선 전쟁 중이었대 최소 백만 명이 사라졌는데
네가 없다 목소리가 어둠을 가로질러 사라진다
지구는 그런 리듬을 갖는다
망해라 다 망해버려라
그네가 혼자 리듬을 회복한다

팽창하거나 축소하여 멸망하는 우주론을 거부하고 과학자는 영원하고 정적인 우주론을 만들어냈다
세계가 아름다울 것이라 믿었으므로
나는 그네에 다시 올라탄다

과학자는 물리학자들이 아름답다고 여기는 수식을 만들었다

$E=mc^2$

거대한 빛이 도시를 덮친다 나는 나뒹군다 그네의 한쪽
사슬이 끊어져 있다 전쟁이 끝났다 과학자는 자신의 우주
론을 폐기했다 죽은 그네가 흔들린다

부존재 존재 증명

1.
방직공은 술에 취한다
유령이 잔 속을 배회하고 있다
1814년 런던 양조장에서 거대한 오크 통이 부서진다 맥
주가 무서운 속도로 거리를 휩쓴다
판잣집이 무너진다
어린 바텐더가 죽고 지하실에서 살던 두 여자와 세 아이
가 죽는다
교외의 묘지로 죽은 자들을 나르는 행렬이 이어진다

방직공은 아이를 안고 있는 아내의 유령을 본다
그가 만든 나무 조랑말이 혼자서 앞뒤로 흔들린다
맥주 거품이 사라진다 아이와 아내가 사라진 집
창밖으로 조합원들이 지나간다 그들은 도시의 광장으로
향한다 그는 술을 마신다
아내는 거품이 아니다 아이는 거품이 아니다
그는 중얼거린다

판사는 맥주 홍수를 신의 행위라고 판결한다
경영자는 주세를 환급받는다

2.

누구 하나는 죽어야 한다 누구 하나는 죽어야 바뀐다 김
주열이 죽고 박종철이 죽고 이한열이 죽는다

3.

1819년 품이 크고 남루한 옷을 입은 사람들이 맨체스터
광장에 모인다

그들은 자신들이 가진 옷 중 가장 좋은 걸 입은 것이었
는데 기마병이 돌진한다

존이 죽었고 마거릿이 죽었고 메리가 죽었고 윌리엄이
죽었고 토머스가 죽었고 에드먼드가 죽었고 세라가 죽었
고 아서가 죽었고 황병술이 죽었고 오정순이 죽었고 서만
오가 죽었고 안병태가 죽었고 조남신이 죽었고 김홍기가
죽었고 김영숙이 죽었고 이재술이 죽었고 김명선이 죽었
고 강정배가 죽었고 최미애가 죽었고 이성귀가 죽는다

죽은 사람들이 누워 긴 줄을 이룬다

매년 5월이면 누군가

몰래 천안문 광장에 꽃을 놓는다 홍콩인들이 우산을 펼
친다 최루액이 날아든다

4.

골목에 몰린 넝마주이가 맞아 죽는다
그러나 그런 넝마주이는 존재하지 않는다
누군가가 천안문에 몰래 꽃을 가져다 놓는 5월이
많은 이들에게 존재하지 않듯이

나아졌습니까 세계는
남은 것들만 남아 나아졌습니까

5.

누군가 목 졸려 죽는다 누군가 칼에 찔려 죽는다 누군가
맞아 죽는다
비명을 들은 사람들은 뒤늦게 그 사실을 전해 듣고
침대에서 기도한다 베개 위에 손을 올려두고
불쌍한 사람들 천국에 가기를!

기도가 베개 밑의 비명을 덮친다 비명은 숨이 막혀
몸부림치다가 필사적으로 몸부림을 치다가
기도를 마친 사람들이
베개만 남은 세계에 눕는다

6.
비명은 누가 기억합니까

1975년 5월
나리 나리 개나리

7.
창밖으로 조합원들이 도망친다
방직공은 술잔을 내려놓는다 그는 자신의 집 안으로
맥주가 들이닥치는 것을 본다
쓰러진 조합원을 말이 짓밟는다
그는 보지 못한다
아내와 아이가 휩쓸린다
살려주세요 피투성이가 된 사람을 끌어안고 누군가 외
친다
그는 듣지 못한다
죽은 아내와 죽은 아이가 빠져 죽는다 죽는다 죽는다 다
시 죽는다 사람들이 죽는다
아내와 아이가 다시 되살아난다
조랑말이 흔들린다

뱀이 몸을 둥글게 말아
자신의 꼬리를 문다
올가미가 방직공의 목을 조른다
밧줄에 매달린 방직공이 흔들린다

8.

살아 있으라 누구든 살아 있으라
누가 떠나든 죽든 우리는 모두가 위대한 혼자였다
그러나 남겨지지 못한 것들은 어디로 갑니까
이미 죽은 사람은 어찌합니까

9.

인간아 이것을 먹어라 제발 이것을 먹어라
뱀의 말대로 인간은 그것을 먹고
영원을 벗어난다
방직공이 바닥으로 떨어진다
그는 쓰러진 채 누군가의 비명소리를 듣고 일어난다
방직공이 문을 열고 나간다
나무 조랑말이 부서진다

10.
세계는 남은 것들만 남아
다시 세계

악무한.
방직공은 다시 나무 조랑말을 만든다

얻을 것은 세계요 잃을 것은 아무것도 없으니
너희 저주받아라

0.
나리 나리 개나리

뱀이 눈물 흘린다

2부 양 머리가 있는 정물화

다시 시작하는 마음

끝난 후에도 이곳이 끝나지 않듯
너 없이도 사랑이 지속된다
시작해야 한다

물구멍이 되어
물구멍에서 시작한다

너로부터 시작해야 한다
이전처럼 이미지에서 시작한다

너라고 쓴다
문장의 허리가 끊어지고
다신 일어나진 못한다

너에게 네가 없고
나는 자꾸만 물구멍이라
이미지로부터 도망친다

감긴 눈. 차가운 피부. 축 늘어짐. 탄력 없음. 검게 변한
발톱. 굳어가는 신체. 아무 박동 없음. 너에게서 네가 없음.
시작해야 한다 네가 이곳에 없는 것에서 도망치지 않기

없는 너의 소리를 듣고
없는 너의 얼굴을 보고
잠에서 깨면 네가 묻힌 화분 앞에서 기도하고 아침을 꾸
역꾸역 챙겨 먹는
리듬
계속되는 리듬
시작하기 이전처럼 시작하기

나는 물구멍이 아니고
사랑은 사랑이 아니게 되고
Rewind
Rewind
일상이 끊어진 나의 허리를 깁는다
시작하기
끔찍한 리듬

시작하기 전에
너를 시작하는 것은 가능할까 나는 계속 묻는다
너는 너 없이도 있다
네가 너라는 걸 나는 믿지 않는다
나의 가여운 물구멍
너 없음에서 시작하기

망가진 카세트테이프 플레이어가 음악에 끼워놓는 노이
즈처럼
네가 끝난 뒤에
너의 영혼이 시작되고
너 없음에서 마음이 다시
시작하고
너 없이도 있는 너를 사랑하지 않고

물도 꿈도 아닌 흐린

죽은 사람의 마음은
어디로 가는 걸까
밀려온 파도가 해안에서 부서져
사라진다

어디로도 가지 않고 사라진다면
인간은 대체 무엇일까
죽음이 우리의 해안선이라면
떠난 이들 중 어떤 사람들은 왜
유령처럼 우리 마음에
살게 되는 걸까

네가 떠난 후
사람 얼굴에서 네가 나타날 때면
눈을 질끈 감았다

그러면 바닷물이 차오른 도시의 한가운데였고
파도가 이는 거리에서
너를 찾아다니고 있었다

너를 찾다가 점점 모두가 너같이 느껴져서
너를 모르고 지나쳐버린다면
어쩌면 좋을까

도시에는 물자가 점점 부족해진다
결국 모든 사람의 얼굴에서 너를 보게 되어
진짜 네가 누군지 알 수 없었는데
네가 또 다른 너의 물건을 훔치는 것을 보았다

너는 내게 종종 열차 문제를 물어보았다
선로 위의 사람들에게 열차가 돌진하는데 다른 선로에
도 사람이 있다면
선로를 어떻게 조작할 것인지 누구를 구할 것인지
인원과 인물을 바꿔가면서

네가 너무 진지해져서 나는 열차를 탈선시켜
모두가 죽는 답을 하고 웃어넘겼는데
네가 너의 물건을 훔치고 있는데
정말 어쩌면 좋을까

다시 눈을 뜨면 도시도 너도 없었다
물웅덩이에 비친 내 얼굴에서도 결국
너를 볼까 무서웠다
어쩌면 좋을까 묻는데 너는 아무 말이 없다
정말 어쩌면 좋을까 네가 내 마음의 그림자라면

하지만 어떻게 그럴 수 있지
너는 열차 문제를 계속 변주하며 묻고
나는 누가 죽을 것인지
계속 결정하는데

결정을 내릴 때마다
존재하지 않는 가능성이 지워진다
어떤 답도 오답이라는 듯 너는 아무 말이 없다

꿈속 세계가 진짜라고 믿는 어떤 사람들은
이곳을 버리고 영영
깨어나지 않게 된다고 했다

영영 다른 것이 되면 좋을 텐데
너를 까맣게 잊고서 해안가를 산책했을 때
모래톱에 생긴 웅덩이의 수면을 우연히 들여다보았을 때
내가 비치지 않아
꿈이란 걸 알았다

차라리 네가 더 이상 네가 아니게 된다면
다른 누군가가
행복한 누군가가
네가 된다면 나는 정말
아무렇지 않을 텐데 평안해질 텐데
그런 일이 정말로 가능할까

그렇지만 너는 너일까
어떤 이들은 너를 내가 기억하는 그런
사람은 아닌 것 같다고 말했고
계속해서 파도가 밀려오는 해안에서 나는
벗어나지 못한다 어쩌면 끝끝내

너를 기억하는 이들이 모두 죽는다면
우리를 모르는 이들만 이곳에 남는다면
선출되지 못한 자들이 선로에서 살아
남지 못하듯
너도 유실되는 걸까
꿈이 끝나면 꿈속의 사람들이 사라지듯이

부서진 파도에서 물보라가 튀어 오른다
너무 높게 튀어 오른 물보라가 바다를 유실한다
물보라 속 물방울들이 바다를 유실하고도 물의 삶을 살
아가듯
꿈에서 깨어나도 나와 무관하게 꿈속
사람들이 살아간다면
우리가 세계를 유실해도 좋을 텐데

해안을 벗어나려 발을 돌렸는데
나는 어느새 선로 위에 묶여 있었고 손에 피가 묻어 있
었다
아무도 없는 건너편 선로 위로
있을 리 없는 도시가 있었다

멀리 선로 옆 레버를 붙잡고 있는 누군가가 보였다

바리온 음향 진동

초기 우주에선 빛과 물질이 하나였다 빛과 물질이 분리되면서 남긴 리듬이 있다고 한다 너는 식탁에 놓인 태엽시계를 우두커니 보곤 했다

도시에 위령비가 세워졌다는 소식을 들었다 소리가 없는 음향이 들린다 음향이 공기의 구조를 바꾸고 있다 네가 떠난 식탁에서도 여전히

맥주에 거품이 일고 세계는 아주 잘 돌아간다

맥주를 들이켜도 잊을 수 없는 것이 있다 너는 식탁에 쓰러져 울곤 했다 식탁이 미세하게 떨리고 있다

우주의 구조는 거품처럼 생겼다고 한다 맥주 거품 속 텅 빈 공간이 무서운 속도로

허물어진다 너에 대한 많은 것들을 잃어버렸다 시계가 망가진 태엽으로도 여전히 움직인다

취하면 많은 것들이 무너지고 사람이 죽는 걸 보게 된다 그런 꿈을 꾸고 맥주를 더 마시고 더 많이 죽고 나는 정말

괜찮아 그러니까 음악이 끝나도 어떤 음향은 끝나지 않고 너의 얼굴은 무너졌는데 식탁의 울림이 리듬을 갖는다

의자에 그림자가 진다 너 없이도 대화가 지속되고 있다

말이 허공에서 자꾸 지워진다 아무것도 없는 공간에서

도 양자들은 끊임없이 태어난다. 그리곤 거품처럼 무너지며 미량의

에너지를 만든다고 했다 대화가 무너지고 있다
그림자가 진폭을 갖는다 조금씩 자라고 있다

취해서 찬물에 들어가면 이완되었던 모세혈관들이 한꺼번에 수축하고 그 압력이

심장을 멈춘다는데 욕조에 누워 소리를 지르면 소리가 메아리친다 나는 그런 힘으로

절망하지 않았다 물무늬들이 모여 물결이 된다 물이 욕조를 넘는다 작은 진동도 지반을 조금씩 뒤틀고

그림자가 식탁에 쓰러져 울고 있다 물리학에서 정보는 사라지지 않는다 맥주 거품이 터진다

██████이 나를 무너뜨리는 중이라고 생각한다

사람들이 죽는다 깨어나면 밤새 맥주가 식탁에 놓여 있었다 김빠진 맥주를 개수대에 흘려보낸다 별은 죽을 때 폭발하고 사라진다 사라지며 거대한 에너지를 내뿜는다고 한다 우주에서 끊임없이 별들은 태어나고 빛을 내고

죽는다 죽고 죽더라도 죽어 죽지만 죽는다 창문으로 빛이 쏟아진다 빛기둥이

식탁에 머물고 있다 영혼이란 게 있습니까 그런 물질이 있다면 그것은 밝습니까 혹은 어둡습니까 위로받을 수 있는 성질입니까 그것은 천국에 갑니까

수소를 제외한 원소는 별이 죽을 때 생성된다 음향이 다른 음향을 무너뜨린다 음악이 형성되고 있다 사람을 구성

하는 요소 중 십 퍼센트만이 수소다 우린 모두 죽은 별에
서 왔다

빛기둥이 식탁과 시계를 천천히 쓸어내린다

끊임없이 무너지는 양자들이 우주를 거품 구조로 만들
었고

빛과 물질이 분리되면서 일어난 파동이

은하의 분포를 결정했다고 한다

음악이 구조를 만든다

망가진 채로도 리듬을 유지하던 태엽시계가 멈춘다

많은 폭발이 있었다 그 이전에

너와 나는 별이었고 빛이었다

우리은하는 라니아케아 초은하단에 속한다 라니아케아
의 뜻은 하와이 말로 무한한 천국

나는 이제 너의 얼굴을 상상할 수 있다

우주가 만들어지기 전에 우리는

아주 작은 하나의

점이었으므로

.

좆까라 나는 과학을 믿지 않는다

음██████████향████이██████세계██████████████를
██████무██████너██████뜨██████리██████고██
██████████있다

나이트 프라이트(Night Fright)

여름, 기르던 새가 죽은 걸 기억한다 평생 인간에게 길
들여진 새들은 때때로 겁에 질린 채 잠에서 깨어 마구
날갯짓을 한다 오르골의 실린더가 회전하며
금속 빗살들을 밀어낸다 날개가 부러진 새는 손안에서
몸을 떨었다 되돌아오며 진동하는 빗살들 나는 조금씩 망
가지고 있다
어깨가 위아래로 흔들린다
소리 하나가 만들어진다

푸앵카레는 충분한 시간이 흐르면 세계가
온전히 같은 모습으로 돌아온다는 걸 수학적으로 증명
했다 오르골이 음악을 반복한다
피 묻은 깃털이 조금씩 흔들리는 것을 오래도록 바라보
았던
새를 묻고 돌아
온 저녁

교회에서 사람들은 기다리고 기다렸지만 기다리다 기도
가 켜켜이 쌓이는 소리를 들은 적 있다
태엽은 한 방향으로 풀리며 작동한다 새장에 먼지가 하
나둘 내려앉는 것을 지켜보았던 여름, 볼츠만은 세계가 종
말을 맞는 수식을 발견했다

볼츠만의 수식은 푸앵카레의 재귀증명을 통해 반박당한다 볼츠만은
믿지 않는다 나는 자주 집 안 구석구석을 살펴본다

새는 빠르게 늙는다 오르골의 실린더가 한 번 회전할 때 빗살들은 몇 번의
떨림을 견뎌야 한다 새의 등에 귀를 대면
시간이 소용돌이치며 새의 몸을 지나가는 소리가 들렸다 무서워져서
슬쩍 눈을 뜨고 주변을 둘러보았을 때 완전히 혼자였던
기도 시간 사람들을 꿰뚫는 소리가 들릴 것 같던 여름, 나쁜 꿈이었을 뿐이야
바다가 보이는 휴가지에서 볼츠만은 목을 매단다 빗
살 하나가 부러진다 나는 새의 일부만을 이해했다
세상이 그냥 망해버리면 좋겠어요
실린더는 움직인다

푸앵카레는 세계가 같은 모습으로 돌아오는 일에 영원에 가까운 시간이 필요하다고 했다 그런 확률을 볼츠만은 견딜 수 없었고
교회에서 사람들은 기다린다 빈집에서 홀로 주인을 기다리던 새처럼
오르골이 죽는다 기도는 왜 소용없나요 기도를 계속해야 했던 마음, 마음
영혼이 존재하지 않는다면 신도 우리가 다시 오길 기다리나요 소용없는 기도 소용 소용 소용돌이

태엽을 감아 넣자 음악이 절룩거리며 오르골 바깥으로

열린다 볼츠만의 딸이 밧줄에 매달린 볼츠만을 발견한

다 부러진 빗살이 다시 부러지는 그런 기적

새장에 쌓인 먼지를 털어낸다 부러진 빗살이 묶음을 만

들어낸다

나쁜 꿈, 견딜 수 있을 것이다

레진

꺼진 형광등에서 옅은 빛이
꿈틀거린다
이가 빠진다 이가 모조리 빠진다
그런 꿈은 누군가가 죽는 꿈이라는데

어떤 사람들은 세상이 만들어질 때 새와 물고기와 들짐
승이 만들어지고 그다음 날 사람이 만들어졌다고 믿는다
이웃을 네 몸과 같이 사랑하라

시장에서 사람 아이만 한 물고기의 머리가 잘리는 것을
본 적 있다
물고기는 머리를 잃어버린 채로도 몸부림쳤다
그건 신경에 남은 전기신호일 뿐이라고
칼을 든 사람이 말했다

팔리지 못한 것들은 버려진다
썩는다 썩는다 레진은 치아와 구분하기 어려워 심미성
이 뛰어납니다
한 사람이 지폐를 건네주고 죽은 물고기를 받는다
물고기는 토막토막 이곳을 떠난다

어떤 과학자는 우주의 모든 것을
빛으로 설명 가능하다고 했다

빛을 사랑하는 빛
빛을 덮는 빛
산 채로 깃털이 뽑히는 빛
머리가 잘리는 빛
빛을 삼키는 빛
빛
빛

지폐 몇 장을 쥐고
밤의 시장에 새를 구하러 간 적 있다
새장 가장 구석에서 몸을 잔뜩 부풀리고 있던 작은 새를
집에 데려왔는데
그다음 날에도 조류원의 새장 가장 구석에는 새가 있었다

이가 빠지는 꿈은 누군가 죽는 꿈이라는데 물고기가 시
장으로 다시 돌아온다
이웃을 사랑하라
나는 자라는 동안 치아 몇 개를 때웠다
그러나 목이 잘린 채 펄떡이던 그 물고기의 영혼 같은 것
새장에 주인도 없이 남겨진 그림자
그런 것들을 빛으로 설명할 수 없을 거라는 믿음을
지폐처럼 움켜쥔다

구요

혼자 남은 구요는 깃털을 뽑아 시간을 센다
오래전 선한 신은 자신이 사랑하는 인간에게 네가 결국
죽게 되리라 예언하며
너와 함께 있겠다고 약속했다는 이야기
나는 아침에 나가 저녁에 돌아온다
구요는 피를 흘린다

구요의 옆구리에 귀를 붙여보면
빠른 속도로 공기가 기도를 지나는 소리 심장이 피를 뿜
는 소리 불가해한 템포
구요를 아주 먼 곳에 묻고 돌아오던 길
검은 옷을 입은 사람들이 죽은 사람의 이름이 새겨진 깃
발을 들고 행진하는 것을 보았다

태엽 새를 가진 노인을 만난 적 있다 그는 자신이 어릴
때 기른 첫 번째 새를 너무 사랑해
두 번째 세 번째 새에게도 같은 이름을 붙여주었고 이후
로도 많은 새를 길렀다고 했다
태엽이 멈추자 노인은 울음을 터뜨린다
죽지 않는다며
자신의 새가 죽지 않는다며

행진은 멈추지 않는다 그가 살아 있었더라면 깃발이 되었을 겁니다 무리 중 누군가가 말한다

사람이 되어라

인간들은 자꾸 같은 이름을 갖게 된다 인간은 너무 오래 산다 구요는 이따금 비명을 지르곤 했다

사랑하는 인간이 죽자 선한 신은 그의 아이와 함께하고 그의 아이가 죽자 다시 그의

아이와 함께하고 행진 이어서 행진 어쩌면 그때 신은 미쳐버려서 우리는 더 나아질 것입니다 행진자가 말한다

더 이상 아이를 기르지 않을 것이다 다짐하며 고개를 돌렸는데

주인을 잃은 피 묻은 깃털들이 광장의 한구석에서 뒹굴고 있었다

사양(飼養)

조금씩 나눠 먹으려 쌀을
플라스틱병에 소분한다
바닥으로 쌀알 몇 개가 떨어져 흩어진다

쌀의 표면에서 빛이 반사된다
흰빛을 새는 바라본다
밥솥에서 흰 연기가 피어오른다
갓 지어진 밥을 공기에 담아 식탁에 올린다
새는 바닥에 떨어진 쌀을 주워 먹는다

어떤 티베트인들은 아낌없이 내어줄수록 다음에
더 좋은 삶을 살게 될 거라고 믿으며
죽은 몸을 새들에게 내어준다
장의사가 천을 걷어내고
시신에 새들이 모여들 때
할머니를 잃은 아이가 결국
울음을 터뜨리는 것을 본 적 있다

도정을 하지 않은 알곡은 길게는 몇천 년 동안 살아 있
다는데
죽은 쌀이 담긴 플라스틱병 무더기

삶이 멋대로 가을이 되어
새를 먼 곳에 묻고 돌아온 저녁
배가 고프지도 않으면서
죽은 쌀알들을 깨끗이 씻어
물속에 눕혔다
그리고 불에 올려놓고 그것들이
다 타서 숯이 될 때까지
생각했다 땅에 묻힌 새가
송장벌레와 구더기에게 파먹히는 일을

더 나은 삶도 더 나쁜 삶도 없이
플라스틱처럼 영원히 살면 좋을 텐데
새는 이곳을 떠나버렸고 꿈속에선
너무 환한 빛을 등져 얼굴을 볼 수 없는 누군가가
죽은 나를 수확해 갔다

잠에서 깨어나자 베개 위에서 조금씩
부서지는 빛이 보였다

슬픔이 물이 될 때

슬픔이 깊다고 하면 마음은 물일까
컵 속의 물은 나의 마음과 무관하게
맑고 차갑다

빛이 수면 아래 물고기들의 등허리를 비춘다
일렁거리며 빛을 반사하는 투명한 수면
수면 위로 불어오던 바람
너와 산책을 갔던 여름 호수
술을 삼킨 후 물을 마신다

그런 일은 일어나지 말았어야 했는데
호수는 점점 선명해진다
물그릇에 물을 받고 네가 좋아하는 음식을 접시에 담는
다 네가 아끼는 담요를 흐트러진 곳 없이 정돈하며
네가 되살아나기를 빌었는데
그런 기적은 일어나지 않았고

그런 일은 일어나지 말았어야 했는데
일어나지 말았어야 했는데 물컵이
넘어진다
희고 깨끗한 천장

깨진 컵에서 흘러나온
맑고 서늘한 물이 등을 적신다
쏟아진 물에서 반사된 빛이 천장에서 물결을 이룬다
호수의 수면 아래에서 물고기들이 물
살을 헤집고 있다
내게서 흘러나온 피가
엎질러진 물과 한데
뒤섞이고 슬프지 않아도 눈물이 난다
호수의 계절은 흐르지 않고
물고기들은 영영 살겠지

살에서 유리 조각을 빼낸다
약을 바르고 반창고를 붙인다
천국이 있다면 너는 지금 천국에서 천국을
낯설어할 텐데
사랑하는 것들과 작별 인사를 하지 못해 슬퍼할 텐데
나는 천국에서도 불안하고 슬플 수 있다는 게 이해되지
않는다
반창고를 붙여놓은 상처에서 피가

흘러나오지 않고

예수님이 죽은 후

본래 어부였던 몇몇 사도들은 다시 물고기 잡으러 나간
다 하지만 그들은 아무것도 잡지 못했는데

불을 켜면 불이 켜지고 수도꼭지를 돌리면 물이 여전히
흘러나와서

포도주는 물로 변하지 않고

나는 취하는 것이 자꾸만 가능하다

나는 선명해진 호수에 발을 담근다

슬픔이 물이 될 때

슬픔은 물이 되어

호수의 둘레는 점점 자라날 텐데

가능하지 않은 이야기들

그러나 가능성과 상관없이

호수가 아닌 물속에선

죽어버리는 물고기들처럼

슬픔에서만 사는 마음이 있고

슬픔이 물이 되어

호수의 물고기들이 헤엄치며 물　　살과 빛　　살을 찢
어놓는다

우리가 통 속의 새라면

날개의 밀랍이 녹는다 추락 직전
아버지가 내 관 위에 엎드려 울고 있는 미래를 보았다
미궁에 황소 머리를 한 괴물이 산다고 아버지는 경고했다
내가 보기엔 너는 그저 특이한 친구였는데

너는 네 이름의 뜻을 알고는 별을 다스리는 왕이 되고
싶다 했다
별은 너무 멀다고 내가 말했을 때 너는 말했다
그럼 새가 되면 되지
태어나서 별을 한 번도 보지 못했으면서 새도 보지 못했
으면서 너는 아무렇지도 않게 이야기했다
그리고 우린 멀지 않은 미래에
깜깜하지 않은 밖에서 만나자고 약속했는데
아스테리온은 죽었다

나는 깊고 어두운 바다로 곤두박질친다
아버지 옆을 지나쳐 떨어진다 놀란 아버지의 얼굴이 보
인다 아버지의 얼굴이 충격과 슬픔에 천천히 일그러진다
아버지는 불행한 사람이었다 여행을 떠났을 때에도 탑
에 갇혀 있을 때에도 나쁜
꿈에 시달렸다

아버지의 새들은 어두운 통 속에서 죽을 때까지 인간으로 살아가는 꿈을 꾸었다

꿈을 꾸며 비명을 지르는지 혹은 평안한지 관찰하는 것이 아버지의 연구였다

통에서 죽은 새를 치우며 아버지에게 새에게도 영혼이 있는지 물은 적 있다

아버지는 동물에게 영혼이 없다고 했지

죽은 네가 미궁 밖으로 실려 나오는 것을 봤다

사람들은 네가 사람을 잡아먹는 괴물이라며 웅성거렸다

오래전 아버지에게 너에게도 영혼이 있는지 물었는데

아버지는 대답하지 않았다

너에게 통 속에 갇힌 채 꿈을 꾸는 새에 대해 이야기해줬을 때

너는 차라리 우리가 누군가의 통 속의 새일 뿐이라서

아무것도 아니었으면 좋겠다고 했다

몸이 바다에 빠진다

이곳은 차갑고

어둡고

너무 어두워서

우리가 통 속의 새라면

이 모든 게 꿈일 뿐이라면 어떤 이야기일 뿐이라면
미래도 없고 영혼도 없다면

하지만 우리는 바깥에서 만나기로 손가락을 걸고 약속
했는데
네 손이 참 따뜻했었는데 우리는 많이 웃었는데
주위는 점점 더 어두워진다
만약 우리가 통 속의 새일 뿐이라면
정말 통 속의 새라면

아니 나는 세계가 원래 어둡다는 것을 이해한다
아버지가 내가 없는 나의 관 위에 엎드려 눈물 흘리고
관 위로 이해할 수 없이
따뜻한 빛이 쏟아지고 있었다

물의 몸

너는 잎사귀를 뜯고 노는 것을 좋아했지
네가 묻혀 있는 빈 화분에 잎사귀를 놓아두었다
잎사귀를 쓰다듬곤 했는데
어느 겨울날엔 잎사귀가 바싹 말라 있었다

주사기로 따뜻한 물을 네 입에 흘려 넣어주었는데 한 방
울도 사라지지 않고 네 입에서 물이 흘러내렸지
네가 조금씩 말라가면서
너의 눈꺼풀이 조금씩 오목해지다가 움푹 패었던 것을
기억한다
물이 너를 버린다

네가 죽은 이후 나는 방문을 열어놓지 못한다
네가 좋아하는 오목한 그릇에 물도 떠 놓았는데
이상도 하지 네가 다시 살아나지 않는 일은

네가 물그릇에 앉아
물을 마시려 고개를 낮게 숙일 때
네가 수면에 떠 있는 잎사귀처럼 보이는 일을 사랑했는데

내가 쓰다듬자 바싹 마른 잎사귀는 바스러져버렸고
너무 오랫동안 우두커니 생각해야만 했다
물이 잎맥을 따라 잎사귀의 몸을 가지는
사소하고 아무것도 아닌 기적들에 대해

이상도 하지 나의 생활과 마음이 너로 온통 가득했었는
데 내가 바스러지지 않는 일은
친할머니는 병으로 둘째 아들을 잃었고
외할머니는 어린 나이에 스스로 생을 마감한 첫아들을
묻어야만 했다
그런 상실 이후에도 내가 태어나 존재하는 일

네가 눈을 감을 때 네 눈에 그믐달이 지는 걸 사랑했는데
움푹 파인 눈꺼풀의 이미지
열린 문
보호자님 그런 일은 가능하지 않습니다

슬프지 않을 때에도 자꾸 눈물이 난다
물이 나를 버린다
내가 사랑한 것들이 나를 버리듯이

삼촌, 내가 한 번도 보지 못한 어린 삼촌

거기는 어떻습니까 따뜻합니까 어둡습니까 푹신합니까
바닥에 누운 채 천천히 말라가는 물그림입니까 내가 지켜
보지 못한 마지막 경련입니까

열린 문으로 찬바람이 든다

네가 너무 뜨거워서 여름날엔 어깨에 올라오려는 너에
게서 도망 다니기도 했다

네게 세상의 모든 모닥불이라는 별명도 지어주었는데

이상도 하지 네가 화분에 묻힌 채 꽝꽝 얼어 있는 것은

춥다 너무 추워

너를 닫을 때 나는 삶을 열겠지*

내가 사랑하는 것들을 스스로 저버리는 일

얼음을 깨부수는 망치질

누군가는 그런 일이 아니라고

삶을 선택하는 일은 그런 것은 아니라고 했다

물이 나의 몸을 갖고 버리는 일을 반복하는 것처럼

그래, 어쩌면 이 모든 것이 자연스러운 일

외할아버지가 사고로 돌아가신 날 하루 종일 울던 엄마
가 그날도 저녁을 차리고

어린 내가 그것을 먹었던 일처럼

겨울이면 물은 스스로 뼈를 이루고 몸을 이룬다
너 없이도 내가 있는 일
좋지도 나쁘지도 않은 슬픔
좋지도 나쁘지도 않은 삶

문을 닫는다

가까이 다가가자 우수수 날아가던
네가 아닌 새들
물이 나의 얼굴을 갖는 일
공원 벤치에서 얼굴을 숙인 채 소리 내어 울고 있는 아
이를 보았다
타자의 고통 타자의 삶
좋지도 나쁘지도 않은
내 얼굴에서 물이 끊임없이 흘러내린다

바다로 돌아간 물이 이곳으로 돌아오는 것처럼
늘 너를 사랑하는 일을 택할 텐데
나는 물이 아니고 너는 물이 아니다

네게 먹일 나무 열매와 씨앗을 집으로 가져오다가 우연
히 몇 개를 땅에 떨어뜨렸다면
　어쩌면 그것들이 싹을 틔우고 꽃을 피워 군락을 이루고
　군락은 새들을 배불리 먹였을 텐데
　나는 가능하지만 나의 사촌 누나와 사촌 형은 가능하지
않다
　우연하지 못한 씨앗들
　우연한 물그릇
　우연한 화분

　네 밥그릇에 나무 열매와 씨앗들을 가득 채워 놓았다
　이상도 하지 그런 일은 가능하지 않을 텐데
　어디선가 들어온 자그마한 물유령이 바스러진 잎 옆에서
　잎유령을 찾으며 울고 있는 것을 보았다
　눈물을 흘릴 때마다 조금씩 작아지는 물유령
　물이 물을 버린다

　집 안 구석구석 찾아보았으나 잎유령은 없었고
　물유령도 어느새 그곳에 없었다
　내가 널 사랑하게 된 것처럼 우연인 일들

저녁에는 남은 나무 열매와 씨앗들을 모아
산새들이 모이는 곳에 두고 왔다
겨울을 무사히 보내라고
울고 있던 아이가 왠지 삼촌일 것만 같았는데
공원 벤치에는 아무도 없었고
집으로 돌아왔을 때 누군가가 오간 것처럼 바닥이 젖어
있었다
나는 내게 좋지도 나쁘지도 않은 저녁을 차려주어야 했다

* 파블로 네루다, 「책을 기리는 노래 1」, 『너를 닫을 때 나는 삶을 연다』,
김현균 옮김, 민음사, 2019.

빛과 양식

물컵을 엎지르자 컵 속의 빛도 쏟아진다
바닥에 쏟아진 빛은 흔적도 없이
물이 말라간다

새는 내가 마시던 물을 같이 마시곤 했다
새는 몸을 놓아둔 채 어디론가 날아가버렸다
천천히 식어가는 새의 그것을 감싸 쥐고 있었던 저녁

영혼을 증명하려던 의사는 실험 끝에
죽게 되면 몸은 이십일 그램쯤 가벼워지고 그것이 영혼
의 무게라고 결론 내린다
과학자들은 실험상 오류였을 뿐이라고 반박한다
오류였을 뿐이라고
그냥 그랬을 뿐이라고

그러나 세계는 원래 오류투성이라고
나는 쉽게 결론 내리곤 했다
죽은 동물이 놓인
접시 앞에서
단지 그럴 뿐이라고

우리 내부에 빛 같은 것이 있다는 믿음
영혼을 증명하기 위해 의사는
양 열 마리를 죽였다
그들과 우리 내부에 같은 것이 있다면
어떻게 우리는 이런 일들을 저지르지

빛은 영원히 살고
블랙홀 주변의 어떤 공간은
과거와 미래의 빛이 모두 모인다
그곳에 죽은 양들의 흰 털빛과
나와 새가 함께 물을 마시던 유리잔에 머물던 빛도
그곳에 있을 거라고 상상해보는데
인간은 단지
고기로 이루어진 생존 기계라서
영원하기 위해 영혼을 증명하려는
오류를 종종 겪는 것뿐이라면

나는 바깥을 생각하지 않기로 한다
컵에 물을 따르자
마음에 둥근 어둠이 자라났다

힐링 프로세스

이번 여름에도 살아 있는 나무들은 새 나뭇잎들과 함께
살아간다
우리는 아무 이유 없이
괜찮아졌다
잎사귀들이 바람에 흔들린다
싱그럽고 무성한 고통

너를 담요 위에 내려놓았을 때
너는 한여름 그늘진 곳에 누워 있는
푸른 잎사귀처럼 편안해 보였지

어떤 나무는 죽은 채로도 서 있다
왜 어떤 고통은 사라진 후에도 계속되는 걸까
너 없이도 우리가 이곳에서 지속되듯이

나는 우리에게 네 이야기를 하는 게 가능해졌다
슬퍼지기 전에 나를 이루는 것들이 나를
미리 내려놓는 계절

가끔 네가 묻힌 곳에 편지를 놓고 왔다
여름의 마지막 날이 갔고
무언가가 우리를 자꾸 내려놓고 있었다

카고컬트

너는 늙은 개를 안고 있었다 네 발밑으로 그림자가 새어
나와 있었고 나는 너와 개의 그림자를 분간할 수 없었다

바람이 불자 숲의 잎사귀들이 흔들렸다 개는 나무둥치
아래에 누워 있었다 늙은 개를 검은 혀들이 핥아주었다 개
들이 죽으면 천국에 간다고 너는 믿었다

늙은 개는 네가 울 때 얼굴을 핥아주곤 했다 나는 네가
기도하는 동안 개에게 흙을 덮어주었다 나무가 될 것이었
다 수의사가 되고 싶어 했던 누나는 돌아오지 못했다 나는
보지 못했으나
가지가 서로에게 엉겨 붙어버리는 나무들도 있다고 했
다 네 눈물 자국 위로 숲의 그림자들이 흔들렸다

멀리서 소나기가 다가오는 게 보였다 숲의 그림자는 들
판으로 넘어와 있었다 우리는 마을회관으로 향해 뛰었다
내 그림자와 네 그림자가 포개졌다
신이 아닌 것을 찾아야 했다

밝은 곳에 거하기

아이가 물항아리를 들고 내게 왔다
한 손으로 덮개를 꽉 잡은 채 아이는 말한다
자신이 물에서 헤엄치는 빛을 잡았다고
빛을 풀어놓으면
이곳도 밝아질 거라고

아이는 내 앞에서 물항아리를 열어 보였는데
빛은 담겨져 있지 않았고
물만 찰랑거렸다

나는 울상이 되어버린 아이에게
빛은 이곳이 낯설어 무서운 나머지
숨어버린 걸지도 모른다고 말했다

나는 보고 있던 사진첩을 내려놓고
물항아리를 조심스럽게 안아 들고
아이와 함께
볕이 드는 곳으로 갔다
그곳에서 우리는 항아리 속 빛이 놀라지 않도록
천천히 덮개를 열었고

우리는 함께 항아리에 담긴 빛이 헤엄치는 것을 보았다

너의 새를 부탁해

사람들이 죽은 나를 들것에 실어 나른다

새는 이해하지 못한다 사람들이 나를 데려가는 것과 자신이 홀로 남겨지게 될 것을

새는 새장에 숨어 소리 지른다 있는 힘껏 소리 지른다

나는 그 소리가 공포에 질린 소리라는 것을 안다 사람들에게 나를 내려놓고 여기서 나가라고 요구하는 소리라는 것을 안다

사람들은 새가 소리 지르는 것을 개의치 않는다

나는 새를 도울 수 없다 머리를 쓰다듬으며 다 괜찮을 거라고 저 사람들은 너를 해치지 않을 거라고 나를 해치지도 않을 거라고 이야기해줄 수 없다

사람들이 떠나고 새는 혼자 남는다 텅 빈 방에서 새는 어찌할지 모른다

내가 살아 있었을 때

할 일이 있었다 누군가가 울고 있었는데

나는 되뇌곤 했다 사람들은 저마다 주어진 슬픔이 있다 당신에게는 당신에게 주어진 슬픔이 있고 나에게는 나에게 주어진 할 일이 있었는데

슬픔만 있다

새는 조심스럽게 방을 나선다

죽었는지 살았는지 생사만이라도 알고 싶어요 울면서
가슴을 몇 번이나 내리치는 사람을 본 적 있다
  못이 박힌다 관이 단단히 닫힌다
  내 시신은 연기가 되고 재가 되었는데
  새는 두리번거리며 온 집 안을 돌아다닌다
  새는 나를 보지 못한다
  새는 나를 보지 못한다

  뼛가루가 단지에 담긴다
  새야 너는 누운 내 위에
  엎드려 있는 것을 좋아했지
  나는 널 위해 일찍 귀가했고 자주 누워 있는 사람이 되
었다
  그런 게 길들임이라면 길들임이겠지만
  내가 너의 깃을 잘랐다
  네가 날다가 유리창에 머리를 부딪히는 것을 막기 위해
  창문을 열었을 때 위험한 바깥으로 네가 날아가는 것을
막기 위해
  우리가 함께 살기 위함이었지만
  내가 너의 깃을 잘랐지
  그런 게 길들임이라면 길들임이겠지만

불에 탄 물질의 분자구조가 변하듯 어떤 관계는 되돌릴
수 없는 형태로
한쪽을 불태운다

모여서 울고 있는 사람들이 있다
함께 촛불을 든 사람들이 있다
검게 그을린 사람들이 있다 나는 바깥에서 그들을 지켜
본다
나는 유난히 다른 사람의 말을 잘 들어주던 사람에게 그
래서 자주 울상이던 사람에게
내가 죽게 되면 새를 부탁한다고 농담을 하곤 했다
그가 나의 새를 데려간다
그는 새의 두리번거림을 이해하는 사람이 되고 자주 누
워 있는 사람이 된다
이제 나의 새를 부탁해
먼지와 병균으로부터 추위와 배고픔으로부터 황조롱이
와 고양이로부터 슬픔과 슬픔으로부터
안에서 안으로부터

3부 Agnus dei

인간의 사랑

(마르코와 저녁을 보내다)
이제 나는 안다, 나의 애도가 엉망이 되리라는 걸.
1977. 11. 02.
― 롤랑 바르트

새야 너는 한낮이면 창틀에 우두커니 앉아 바깥을 오랫
동안 바라보곤 했지
가능한 세계에서 최선인
그런 장면의 아름다움

나는 너를 사랑했으나 그 모든 게 사실은 네게 고통이
아니었을까
네가 죽고도
우리가 함께 사는 일

문학으로 아무것도 하지 않기
아니 문학하지 않기

1835년 6월 3일 나는 그때 잠을 자고 있었는데
프랑스 노르망디 지역 시골에 살던 스물한 살 피에르 리
비에르는 그날 있었던 일을 수기로 남긴다

아직 산 네가 나의 잠든 몸 위에 올라서 깃털을 가다듬
는다
빛이 쏟아지는 아침
피에르는 자신의 어머니와 여동생 그리고 남동생을 도끼
낫으로 죽이고 숲으로 도망친다

너를 살려달라고 무릎 꿇고 빌었는데 기도를 마치자마자
리스본에 큰 지진이 일어나 대성당을 포함한 도시의 대
부분이 파괴되었던 1755년 11월 1일 아침

이후 숲으로 도망친 피에르는 자신이 벌인 일을 슬퍼해
쓰러져 운다
너를 안고 동물병원으로 뛰어가던 길
네가 죽는다면 어쩌면 아름답고 슬픈 시를 쓸 수 있지
않을까 생각했다
정상이 아니라고
피에르에 대해 마을 사람들은 증언했다
의사들 역시 피에르를 정신질환자로 판단하여 재판부에
종신형 언도를 요청한다

피에르는 자신은 정신질환자가 아니라고 주장한다

나는 벌레요 사람이 아니라 사람의 비방거리요*

그 증거로 피에르는 사건의 경위와 동기를 담은 수기를
제출하며 자신에게 사형을 언도할 것을 재판관에게 요청
한다

1973년에 출판된 피에르에 대한 연구서에는 다음과 같
이 쓰여 있다

어떤 이는 사형의 정당한 증거를 볼 것이고 또 다른 사
람들은 종신형에 처해야 할 광기를 볼 것이다 텍스트의

아름다움 속에서**

피에르의 두 동생은 침묵에 잠긴다

나는 거울 속 얼굴에서 슬픔이 새 동전처럼 반짝이는 것
을 보았다

너에 대한 슬픔을 공매도하고 내가 파산하는

내가 나를 목매는 꿈

풍자가 아니라 자살인데

대마불사

대마불사

종신형을 선고받은 피에르는 4년 후 구치소에서 목을
맨다

피에르의 슬픔

내가 다시 서정으로 돌아가는 일

(그러나 이 시는 이미 서정시다)

도시의 곳곳에 시신들이 뒹군다

지진 이후 한 계몽주의자는

이 세계는 가능 세계 중 최선이 아니라고 선언하며 세계
인식의 중심이 과학이 되어야 한다고 주장한다

너를 집 안에 있는 화분에 묻었다고 하자 누군가는 더럽
다는 듯 얼굴을 찌푸렸다 그러곤 마음 쓸 다른 곳을 찾으
라 했다

인간은 신의 세계에서 벗어나야 한다고 계몽주의자는
주장한다

내 어깨에 앉은 채 몸단장을 하고
있는 너와
다시 함께 설거지를 하는 일
내가 슬퍼 누워 있을 때
네가 나와 함께 눕는 일 너와
다시 함께
있는 일
가능한 세계 중 최선인 세계

잊기 다 잊어버리고 살기
죽은 것은 너인데 원혼이 된 것은 나다

새는 시에서 너무 많이 사용하는 흔한 이미지라 이 시는
아쉽네요
그런 말을 듣고 돌아온 저녁
베개를 껴안고 누워
네가 살아 있었을 때 가졌을 슬픔을 하나씩 헤아려보려
했는데
너의 슬픔을 하나도 알 수 없었다
인간
인간이라는 이데올로기
시를 쓰는 일이 이젠 상처다

코드와 코드가 아닌 것들
이미지와 이미지
아름다움들
행복한 상품이 되는 일

티베트에서는 바람개비들이 기도를 올린다
믿지 않을수록 더 단단해지는 그런 믿음들
그런 믿음들에 잡아먹히지 않길 바랐는데
나는 바람
바람 바람개비
이런 표현은 지제크의 독자라면 너무 쉽게 코드화가 가
능하지 않습니까 너무 많이 죽는 일이 아닙니까 하지만
이미 너무 많이 죽었고

이후에

욥은 처음보다 더 많은 복을 받았고
다시 일곱 아들과 세 딸을 받았다
그 이후의 이야기는 전해지지 않고 아무도 사는 법을 알
려주지 않는다
살기 다 슬퍼하며 살기

라이프니츠에겐 이 세계가 최선의 세계라는 것이 이유
였다
없이도 살기
그냥 너 없이도 살기

나와 함께 맥주를 홀짝거리던 마르코는 밤이 깊었다며
먹다 남은 노가리를 주섬주섬 챙겨 현관을 나선다
나는 떠나는 마르코에게 물었다
마르코야 너는 명태도 우리처럼 노가리의 새끼라는 걸
알고 있니?
마르코는 아무 대답도 않고 실없이 웃는다

나는 늘 삶을 선택하는 사람이라고 믿었는데 마르코가
떠나고
구겨진 맥주 캔처럼 다시
하루가 지나가고
바람
바람
바람개비

* 시편 22장 6절.
** 미셸 푸코, 『나, 피에르 리비에르』, 심세광 옮김, 앨피, 2008.

여름에서 겨울까지의 일

여름의 문이 닫힐 때
네가 죽었다
█████

너는 재가 되어버렸고
네가 떠난 후 거울을 들여다보면 불에
다 타버린 내가 있었다
문이 닫힐 때마다
네가 다시 한 번 죽고

나의 반쯤은 이미
너다
그러나 이러한 진술이 시적 위장이라는 것을 이것을 읽
는 당신도 알고 나도 안다

너를 화장하지도 않았으며 거울은 깨지지 않는다
너는 너였다가 너였다가 네가 아닐 것이다
다시 문이 닫힌다

방 안 어둠 속에서 생각했다 버릴 수만 있다면 나를 종
량제 봉투에 넣어 내다 버릴 것이다
그러면 슬픔의 위계들이

하나둘 폐기되어
슬프지 않을 텐데

가을에는 네가 묻힌 화분을 파보았다
네가 그 안에서 흙장난을 하고 있을 것만 같았는데 너는
흙 속에 죽은 듯 누워 있었다
너는 시큰한 냄새가 났고
살은 짓무르고 깃털이 다 빠져서 엉망이 되어 있었다
다만 너를 안고 싶었는데 안아주고 싶었는데
네 얼굴이 다 뭉그러져 있었다
네게 다시 흙이불을 덮어주고 종일 울었다

아니 사실 화분을 파보지 않았다
나는 말끔한 얼굴을 가졌고
개선장군처럼 슬픈 표정을 짓는 극장이다
너의 시체로 나는 잔치를 벌이고
너는 무대에서 상연된다
인물들의 슬픔이 깊을수록 배우들이 감정을 더 실감 나
게 연기할수록
작품은 높은 평가를 받는다
나는 눈물을 흘리며 박수친다
이 시에 진정성은 존재하지 않는다*

나의 잘못으로 문이 닫힌다
아홉 살 겨울 이후의 나는
산타가 없다는 사실이 여전히 믿기지 않는다 지금까지
나의 삶은 모조리 그런 식이었다

너의 몸이 경련을 일으킨다 나의 잘못으로 문이 닫혔다
나의 잘못으로 문이 닫히고 나의 잘못으로 네가 죽는다
풍자가 아니면 자살이다

음악이 끝난 후에도 잔향이 공간을 울리듯 네가 내게 남
아 있다
나는 내가 아니다 내가 언제나 나일 수밖에 없는 것처럼
새들도 세상을 뜨는구나
민주주의여 만세
내가 나의 슈타지이며 총후부인이다

친구는 네가 좋은 곳에 갈 거라고 말해주었다
인간에게 좋은 곳은 어디일까 새에게 좋은 곳은 어디일
까 모두에게 좋은 곳은 어디일까 정말로 좋은
나의 죄책감들
그것이 나를 기쁘게 한다
정말 엉망이구나
나는 나의 구원을 더는 믿지 않는다

여름에서 겨울까지 네가 갔을 좋은 곳이 어떤 곳인지 그
려보았는데 내가 알게 된 것은
네 영혼과 좋은 곳은 나의 죄책감으로 구성되고
이는 좋은 것도 나쁜 것도 아닌 하나의
사실이라는 것뿐이다

늙은 개와 발을 맞춰 천천히 산책을 하던 사람이 어린 강아지와 함께 뛰며 공원을 지나는 것을 보았던 어느 가을날

술을 마시면 좀 낫고 맛있는 걸 사 먹으면 좀 낫고

돈이 떨어지면 아는 사람에게 꾸어 마시고 먹었는데 누구에게 빌렸는지 기억이 나지 않았다

보통 너를 잊고 지내려고 하는데

오 년 전 상도동의 한 조류원에서 십일만 사천 원을 주고 너를 사 왔었지

죽고 싶다 누가 죽여줬음 좋겠다 누가 좀 나를 십일만 사천 원쯤 죽여줬으면 좋겠다

그러니 누가 나에게 좀 사랑을

사랑은 1501■■ - 20831 - 13■ ■은행

개새끼 절대 용서하지 않을 거다

며칠 전엔 문이 열리자

눈이 멀어버릴 것같이 너무 환한 빛이 방 안으로 들이쳤고

여름에서 겨울까지의 일들이 빛 속으로

사라졌다

이 글에 기록된 모든 것은 상품으로 만들어진 것뿐이며 다만

아무것도 아니다

다시 문을 닫는다
문이 닫히자 아무것도 보이지 않는
어둠 속에서 네가 시체로 되살아났고

너무 어둡지도 밝지도 않은 나의 방이었다

* 이 문장은 진정성을 부정하는 방식으로 진정성을 획득하고, 이를 통해
  인정을 획책하려는 수작으로 만들어졌다. 이것을 고백하는 해당 각주도
  마찬가지다.

해(醯)

자로는 죽고 해(醯)를 당한다
공자는 선물 받은 항아리에 담긴 고기젓을 보고
자로의 살이구나 내 제자 자로의 살이구나 하고 울부짖
는다

배 씨 부인은 딸을 잃는다

닫힌 문을 열자
죽은 내가 매달려 있었다
나는 죽어버린 나를 끌어내린다

식솔들은 공자를 말리지만
공자는 울며 집 안에 젓갈이 담긴 항아리를 모조리 엎어
버린다
네가 죽었다는 전화를 받고 그대로 주저앉아 울었던 일
그때 나는 무너지듯 주저앉는 사람의 이미지를 몇 개 참
조하여
나를 상영하고 있었다

내 목을 자르고
거꾸로 매달아 피를 뺐다
배를 갈라 내장을 긁어내고 깨끗이 씻어
살을 발라내고
먹지 못하는 건 버렸다

살과 내장을 얇게 저며
소금에 절여 항아리에 담아
그늘진 곳에 두었다

언젠가 먹기 좋게 삭을 것이었는데
항아리 속 나는
살만 남은 채 젓갈이 되어서도
울었고

나는 캄캄한 방에 담겨
내가 우는 소리를 들으며
생각한다
생각한다

네가 죽었다는 이야기를 듣고
주저앉는 방법과 주저앉는 행위의 효과에 대해 생각한
일을
또 그것을 고백하는 이 행위와
버려진 내가 어둠 속에서 썩어가는 일에 대하여

공자는 유해를 수습하여 자로의 묘를 만든다
배 씨 부인은 죽은 딸을 생각하며 젓갈을 먹는다
나는 흰 쌀밥에 나의 살로 만들어진 젓갈을 올려
잘근잘근 씹어 먹을 것이었는데

죽은 내가 자꾸 울어
젓갈 위로 물이 떴다
무덤이 그늘진 곳에 위치하면 죽은 이는 추워하고
머리에 물을 지면 죽은 이는 육탈(肉脫)하지 못한다는데

공자는 자로를 묻어주고 그 이듬해에 죽고
배 씨 부인은 젓갈을 먹고 죽는다
공자가 후대 사람들의 이야기 안에서 인육을 먹는 사람
으로 되살아나고
배 씨 부인이 이 시 안에서 딸을 잃은 부모로 되살아난다

시라는 형식으로 나를 연출한 것을 고백하는 일이
나를 살찌우는 일이라는 생각이 들어 역겹고
이것을 역겨워하는 일이
역겨운데
이러한 거열형의 방식으로 내가
은밀히 기쁨을 느끼는 일

이 시의 전략은 스스로를 해(醢)하고 전시하여
숨기지 않는 것처럼 구성하는 것인데
내가 되살아나
나에게서 내가 사는 일이 계속된다

그럼에도 나의 최선은
계속 이야기하는 것
이 시는 이미지로 육탈하지 아니하고
여기에서 죽는다

산책

비가 오면 비를 맞는다 물이 내 얼굴을 그어놓는다
나무들은 자라겠지

아직 아무도 살지 않는 집의
옥상을 걷는다

날이 개어 옥상에 고인 물웅덩이가 빛을 반사한다
우리가 행복했던 일들은 모두
텅 비어버린
이 집에 있다

가자 아이야 집으로 가자
이곳엔 이제 너를 사랑하는 사람과
네가 사랑하는 사람들이 없어
너는 대답이 없다

물웅덩이를 밟자 수면이 깨지고 나는
긴 회랑이었지

내가 사랑한 것들이
찰박찰박 나를 지나갔는데
나는 더 이상 아무것도 사랑하지 않았고

그것들이 다 지나간 후에야
수면은 잠잠해진다

잠잠해진 수면에 내 얼굴이 비친다
나라는 너무 깊은 꿈
빛이 나를 망친다

맥주를 마시기
이 집에서 너는 창틀에 앉아 아무도 지나가지 않는 뒷골
목을 하염없이 바라보았지
희고 단단한 거품
술과 오줌
지금까지 내가 사랑한 일들은 그런 일들로 함축되었다

함축하지 않기

눈이 너무 붓는 일
누군가는 네가 죽은 이야기를 듣고
깔깔 웃었다
나는 그에게 화내지 않았다
아직 거리에는 죽은 너를 집으로 데려가며 우는 내가 있
었는데
나는 울지 않았고
삶입니다
삶입니까
생활입니다

숨, 숨, 물
그리고 가끔 맑음
나무들은 자란다

이상하게도 세계가 바깥으로 조금씩 기우는 것 같았는데
뒤를 돌아보자
바깥은 없었고
끝없이 이어지는 산책로 군데군데
빛을 머금은 웅덩이들이 있었다

카미유에 대하여, 혹은 카미유가 아닌
어떤 어둠에 대하여

그 문이 덜컥덜컥 닫히는 소리를 들으며
우리는 어렴풋한 것을 나른다
초록빛을 네 영원 속으로 나른다
1953년 10월
― 파울 첼란

우리는 빵을 먹는다 희고 부드럽고 따뜻한 네가 손안에
서 경련을 일으킨다
너는 부드럽고 따뜻하고 경련을 일으킨다

카미유가 죽고
모네는 죽은 자신의 아내를 그린다

우리는 나른다
네가 죽어 누워 있는 상자를
품에 안고 집으로 나른다

카미유는 죽기 전 많이 아팠다
그림 안에서 그는 편안해 보인다
모네가 그것을 그렸다

담요에서 네가 식어가듯
흰 모포에 싸여 카미유는 조금씩 다른 것이 되어간다
모네가 그것을 그렸다

모네의 그림에서 카미유가 덮은 흰 모포 위에는 호박석
색감의 따뜻한 빛이 낙엽처럼 군데군데 떨어져 있고
카미유의 얼굴은 버드나무 목탄처럼 부드러운 흑색에
잠겨 있다
눈을 감고 입을 살짝 연 채 이완된 얼굴
거의 잠든 것 같은
네가 누워 있다

이제 그를 거의 떠난 그의 영혼처럼 희미한 미소를 띤
카미유 동시외는 지금 어디에 있을까
그의 열두 살 아들이 아직 여덟 살일 때 같이 산책을 했
던 노란 들꽃이 핀 언덕일까
그때 카미유의 얼굴을 쓰다듬었던 바람이 어둠이 되어
그의 얼굴을 쓰다듬고 있을까
카미유가 아들과 함께 산책을 나갔던 날처럼
네가 죽은 날은 바람이 많이 불었다

카미유가 죽고 모네는 점점 인물화를 그리지 않는다
빵은 희고 차갑다
그것은 조금씩 단단해진다

(이미지)

이 이야기에서 생략된 이야기는 다음과 같다

하나. 카미유가 죽기 몇 년 전부터 앨리스 오셰데와 모네는 연인 관계였다

둘. 카미유 사후 앨리스의 부탁으로 모네는 카미유에 관련된 기록과 사진을 태웠다(이것이 카미유에 대한 기록이 거의 남아 있지 않은 이유다)

그러나 여기서

카미유가 사랑한 모네가 어둠에 잠겨 사라진다

둘의 부정을 알고 있으면서도 자신을 간병해주는 앨리스를 조용히 지켜보았던 카미유가 어둠에 잠겨 사라진다

여기 모네와 앨리스가 그리고 네가 흰 빵이 되어 어둠 속으로 사라지고 있다

있다

있다

있는데

있겠지만

있기야는 하겠지만

그림 속 거의 죽은 것 같은 카미유가

자신의 영혼만큼이나 희미한 미소를 띤 채 여기에 있어
어둠에 잠기겠지만

(이미지에 대한 이미지)

실패했다는 이유로 모네는 자신의 그림 상당수를
발로 차고 나이프로 찌르고 불태웠다
영혼은 재현이 불가능한 걸까
아니면 재현할 수 없어 그것을 영혼이라고 부르는 걸까
모네는 '임종을 맞은 카미유'를 무얼 하는지 모르면서
제분소의 맷돌을 계속 돌리는 짐승처럼 그렸다고 고백했다

우리가 언어로 너를
우리에게 나른다
이 글에서 내가 태어나고 내가 아닌 것들이 태어나는 일
기표가 이제 너의 육(肉)이 되어버린 일
모네는 자신의 얼굴이 그려진 캔버스를 부숴버린다

내가 살아 있는 동안만의 어떤 무한
어쩌면 그런 것들을 영혼이라고 부를 수 있을까 내가 상
상된 것에 불과하더라도

(괄호들)

밀알이 으스러진다
으스러지면서 밀알이 흰빛을 쏟아낸다
그리고 그것들이 빵이 되어

여기서 여기서
카미유, 모네, 앨리스가 빵이 되어
죽은 네가 빵이 되어
우리를 배불리 먹인다

이미지
이미지

어떤 얼굴은 어둠에 잠겨 있는 상태로만 가능하고
셋. 너는 빵이 아니다
셋. 분명 너는 빵이 아닌데
셋.
셋.
셋.

빵이 종이 위 목탄을 지워내듯
캔버스가 부서지며
모네가 아닌 모네가
지워진다

우리는 너를 나른다
눈먼 짐승처럼
무슨 일을 저지르는지도 모른 채
고통과 어둠 속에서

키스

아냐, 아냐, 아냐, 아냐. 자 우리, 감옥 가자.
우리 둘만 새장 속의 새들처럼 노래하리.
— 리어

너의 볼을 쓰다듬는 것을 좋아했고
목덜미 냄새를 맡는 걸 좋아했는데

키스
키스

그러면 너는 코를 깨물었지
너무 아파서 웃음이 났는데
리어는 미쳐버린다

고통을 통해 신체가 거기에 있음을 깨닫듯
고통으로 사랑의 존재를 깨닫는 일
이런 서사의 끔찍함
여기 너희의 노예가 있다*

내가 진료실을 나가려 하자
플라스틱 통 안에서 네가 갑자기 몸부림쳤던 것이
내가 본 너의 마지막 모습이었고
네가 가장 고통스러울 때
나는 부재한다

너는 마지막에 외마디 비명을 지르고 죽었다고 했다
듣지 못했는데 나는 네 비명을 듣게 되고
네 몸이 축 늘어지고 너에게서 무엇인가가 빠져나가는
장면을 보게 된다
계속
계속
나는 내게 목 졸린다

죽은 너의 몸을 받아들었을 때
축 늘어진 네가 손우물에서 물처럼 흘러내릴 것 같았는데
아이는 흙처럼 죽어버렸고*
집으로 돌아온 너는 돌처럼 단단하게 굳는다

새들은 서로에게 입에서 입으로
먹을 것을 토해 준다

키스
키스

그렇게 우리는 살고, 기도하고, 노래하고, 옛이야기를 하
고, 웃을 텐데*
새장은 텅 비어 다홍색 깃털만 군데군데 남아 있다
너는 돌아오지 않는다 절대로 절대로 절대로*
리어는 딸을 끌어안은 채 죽는다

무대에서 내려온 배우는
리어가 딸의 얼굴에 거울을 가져다 대듯
거울에서 자신을 들여다본다
그는 분장을 지운 자신이
텅 빈 복도 같다고 생각한다

키스
키스

네가 죽고 죽음이 너의 살갗이 되어버린 일
배우는 그것이 이미지일 뿐임을 아는데
우리가 손을 맞잡는 일
입을 맞추는 일
그런 일들이 우리가 서로에게 어떤
세계를 나른다는 비유

그런 비유와 달리
배우의 죽은 딸은 인사도 없이
소극장을 떠난 지 오래였고
나는 어째서 세계가 우리를 어딘가로 나른다는 비유가
내게 불가능한지 생각한다

혼자 남은 배우는
무대에 우두커니 서서 쏟아지는 비바람을
자신의 작은 세계에서 극복하려 하는데*
어디에도 비바람은 없고
무대의 탁자에 놓인 붉은 조화처럼
마음에 외상이 정물로 배치된다

네가 이미지로 주어질 때
네게 입 맞추는 일이 이미지로 구성되고
입맞춤으로 지각되는 나의 몸 역시 이미지로 구성되는 일

이미지에 불과하더라도
그 이미지들로 내가 죽지 않은 일
이런 서사의 끔찍함
여기서 배우도 리어도 나도 아닌 누군가가
비바람 속으로 사라지자
거울에서 죽은 딸이 걸어 나온다

이런 서사의 끔찍함
스스로를 경멸하는 일을 경멸하고
키스
키스
여기서 그렇게 우리는 살고, 살고, 살고
배우도, 리어도, 나도 살고, 살고

비바람도 없이
울부짖는 리어의 일그러진 얼굴처럼
조화가 말라비틀어진다

'*' 표시는 『리어 왕』의 문장을 인용했음을 뜻한다. 한글판의 경우
민음사에서 발행한 최종철 역의 『리어 왕』을 인용하거나 참고했으며,
영문판은 Folger Shakespeare Library (shakespeare.folger.edu)에서
배포한 『King Lear』 PDF 파일을 참고했음을 밝힌다.

불가능한 얼굴

언젠가 투명한 플라스틱 컵에
두렵고 당혹스러워 우는 얼굴을 그려
너에게 주었다

반쯤은 장난이었는데
너는 그 컵을 간직했지

플라스틱은 썩는 데 몇백 년이 걸리고
우리가 죽었을 때 세상에 남긴 것들을 우리의 아이라고
한다면
그 플라스틱 컵도 우리의 아이일 텐데

새를 떠나보내고
각자가 서로의 방에서 그랬던 것처럼
우리가 죽고 몇백 년 동안 플라스틱 컵은
혼자 울게 되겠지

아니, 플라스틱 컵은 분자화합물 덩어리일 뿐이므로 그
것은 슬퍼하거나 행복해하지도 않으며
매립지의 다른 쓰레기들과 함께
들판에 버려진 시체처럼
조용히 썩어갈 뿐이다

그럼에도 주고받았다는 이유로 우리에게
그 플라스틱 컵이 정말로 울게 되는 일
아이들이 자신의 인형에게서
인형의 감정을 발명해내듯
영혼을 직조하는 일

물질이 물질을 넘어서듯
우리가 이미 죽은 이들과 아직 태어나지 않은 이들에게
영혼을 나누어 받고
우리가 우리를 초과하고

하지만 테오, 천국에서 만나자*

테오는 아마 친구의 유언을 그의 아버지에게 전해주며
마지막까지 정말 용감했다고 말했겠지
시신 없는 묘 앞에서 친구가
맡은 일을 성실하게 수행하는 사람이었으며 자신의 가
족과 조국을 사랑했다고
추도사를 했겠지
장례식에 참여한 누군가는 눈물을 흘렸을 것이고 그 옆
사람이 눈물 흘리는 사람의 손을 잡아주고
그와 천국에서 다시 만날 것을 믿었겠지

그때 그들에게 어떤 천국이 있고
그들이 그들을 넘어서는데
그 천국에는 병약자가 없고 유대인이 없고
들판에서 시신이 이름 없이 썩어가겠지

어떤 인형은 인형이어서
칼에 찔리고
산 채로 불태워진다

사랑하는 일의 폭력
사랑하지 않는 일의 폭력
나는 우리가 천국에서 새와 다시 만날 거라 믿는데
우리가 우리를 초과해서 다시 우리인 일

얼굴이 얼굴을 가린다
다 커버린 어떤 아이들은 인형을 내다 버린다

사람을 그려달라는 부탁을 받았을 때
얼굴에 이목구비를 그려 넣지 못했는데
이미 얼굴인 얼굴
다시
다시

이해하기

우리가 인형이 되어

얼굴이 되어

* 나치 독일의 전투기 조종사 하인리히 에를러(Heinrich Ehrler)의 유언.

그래도 사랑하는 일을 다시 배우기

내가 겪고 있는 일은 무엇인가요?[1]

문이 닫힙니다
문이 닫힙니다
나의 말이 부서집니다

줄넘기를 합니다
배에서 꺼낸 창자를 줄로 삼아서요
넘을 때마다 피가 튀고
넘을 때마다 반쯤 소화된 음식물이 튀고
넘을 때마다 나는 더 건강해집니다

리듬, 이런 리듬

창자에서 반쯤 녹은 생선 대가리가 튕겨 나왔습니다
그것은 몇 미터쯤 날아가다 툭 하고 땅에 떨어진 채
뭐라 말하려는 듯 뻐끔거렸는데
어두가 육미이고
오메가가 쓰리여서
나는 그것을 집어
삼켰습니다 이번에는 꼭꼭 씹어서요

줄넘기가 끝나면 손을 씻습니다
창자는 비위생적이니까요
공중
보건은 중요합니다
구석구석 깨끗이 씻읍시다
손을 씻는데 자꾸만 눈물이 나는군요

조깅도 틈틈이 하고 있습니다
하나둘 하나둘
조깅 중 어느 날은 울고 있는 사람을 보았습니다
슬픈 사람들과 마음이 무너진 사람들이
다른 언어를 갖게 되는 것은 왜일까요

기르던 새를 땅에 묻어주면 불법 매립인 일
이를 위반하면 백만 원 이하의 과태료인 일
다들 겪는 일인데 왜 이리 유난이니
어떤 슬픔은 아무것도 아닌 것이 되는

리듬, 이런 리듬

회전을 일정히 지속하는 세탁기
삶은 계속되어야 합니다 [2]
웃고 먹고 마십니다
이런 일들이 모두
인간의 일이 아닌 것처럼 느껴질 때가 있습니다

글을 읽고 누군가와 이야기를 나누고
살아 있으라 누구든 살아 있으라
슬퍼지고 잠시 위로받고

너를 사랑한 일이 이제는 아주 먼 나라의 언어처럼 느껴
지는데
죽은 너를 더 사랑하게 된 일과
너를 이만큼
사랑한 적 없는 일

괴롭고
다 괴로워서

살고
또
살아지고
문이 닫히고
문이 닫히고

세탁기에서 깨끗해진 옷을 꺼냅니다

기형도의 슬픔과 살아 있으라는 그의 절규가 갖는 아름
다움에 대해서 생각하며

빨래를 널었습니다

창밖으로 말끔한 얼굴을 가진 사람들이 삼삼오오 지나
가는 것을 구경하다가

죽은 듯 잠을 자는 날들

구김살 없이 빨래가 마르고

나의 반쯤은 이미 사람이 아닌 것 같습니다

울고 있던 사람에게 말해주고 싶었습니다

많이 울어두라고요

우는 것은 괜찮다고요[3]

그것은 정상적인 반응이며 항상성으로 빠르게 돌아오기
위한 길입니다[4]

건강한 대화가 중요합니다

삶으로 돌아오기
건강한 시를 쓰기

누군가가 하나의 벽일 때 내가 대신 무너지는 일
그런 일들을 나는 언제나
기각할 것입니다
1인은 1표이고 선거는 보통입니다
집집마다 세탁기와 빨랫대가 놓이는 자리는 비슷하고
민주주의는 피를 먹고 자랍니다
위생적인 식습관 문화를 가집시다[5]

아름다워질 겁니다
깃털을 모두 뽑아내고 못 먹는 부위는 잘라내었습니다
내장을 끄집어내고 먹을 수 있는 내장과 부산물은 흐르
는 물에 깨끗이 씻어냈습니다[6]
씻어낼수록 나는 왜 더 어두워집니까
기형도처럼 희고 깨끗한 슬픔을 가지려면 어떻게 정형
해야 합니까

흰옷은 흰옷끼리 검은 옷은 검은 옷끼리
우리의 공통언어는 끔찍합니다
다시 세탁기가 돌아가는

리듬, 이런 리듬 속에서
영혼에 대하여
생각하는 일

우리가 축조되는 방식과 형식을
그리고 우리가 교환되는 체계를 공부하며
영혼에 대하여 생각하는 일

도시에 사는 사람의 목소리로
지나가는 사람들을 들키지 않고 볼 수 있는 곳에 사는
사람의 목소리로
뛰는 것이 가능한 신체를 가진 사람의 목소리로
이 시를 썼다는 것을 인식하며
영혼에 대하여 생각하기
생선 대가리를 씹으며
영혼을 믿기
창자로 줄넘기를 하기

먹거리로서 인간의 슬픔과 먹거리로서 인간의 기쁨과
먹거리로서 인간의 비참과 고통

어떤 비명은 노래가 되는
리듬, 이런 리듬

건축이 우리를 구획합니다
같은 일을 겪어도 당신의 고통과 나의 고통이 다른 일
우리가 똑같이 구획되었다고 하더라도
서로 다른 고통을 갖게 되고
그 고통을 각자 마주하게 되는 일

혹자는 그런 일을 영혼이라 이야기하고
이런 종류의 영혼은 천국을 담보하는 것 같진 않지만
그래도 우리가 다시 만날 거라는 것을 믿습니다
그냥 믿습니다

먹거리로서 인외(人外) 존재들의
침묵
침묵
침묵

그래도 시를 쓰는 일
도마에 나를 올려놓기

매일같이 비명처럼 세탁기가 돌아가고
이 굉음 속에서도 사랑한다고 말해주는 일을 다시 배우기

문이 닫히고
문이 닫히고
우리가 모두 서로를 나눠 먹고
무한히 이어나갈 것처럼
문이 닫히고

(비명)

1. 보건복지부, 「상실과 애도에 대한 정신건강안내서」, 보건복지부, 2014.
2. 에드나 세인트 빈센트 밀레이, 「비가」, 『죽음의 엘레지』, 최승자 옮김,
   인다, 2017.
3. 보건복지부, 같은 글.
4. 보건복지부, 같은 글.
5. 식품의약품안전처, 「한국인을 위한 식생활지침」, 식품의약품안전처, 2021.
6. 농림축산식품부, 「도축장 식육부산물 위생관리 매뉴얼」, 농림축산식품부,
   2014.

슬퍼함과 함께 살아가기

근심하고 슬퍼함을 사람이라 하지만 여래는 사람이 아니며, 슬퍼함을
이십오 유라 하지만 여래는 이십오 유가 아니어서 여래는 근심이나
슬퍼함이 없거늘 어찌하여 여래께서 근심과 슬픔이 있다고 하오리까
— 가섭

수면에서
달이 피고
달이 진다

얼굴에 물이 흐른다
여래는 말한다
슬퍼하지 마라 그것은 그저
그림자였을 뿐이라고

슬퍼하는 자는 복이 있나니
슬퍼하는 자는 복이 있나니

수면의 달이 사라져도
하늘에 달이 있듯
이 글 안에서의 네가 네가 아니듯
너 역시 네가 아니니
너의 새도 달그림자와 다르지 않다고
여래는 내게 말한다

여래는 시차를 폐기한다
어쩌면 그런 방식의 깨달음을 통해
우리가 같은 언어로 재단되고 고통은 계량되어
교환 가능한 것이 되는데
인간 하나, 둘, 셋

슬퍼하는 자는 복이 있나니
슬퍼하는 자는 복이 있나니

여래에 따르면
빛이 달의 형상을 수면에 나르고
빛을 받은 수면이 달그림자를 피우는 것처럼
인과와 연유에 따라
역사가 인간을 빚고
언어가 인간을 나른다

아니, 나는 생산품이 아니다
나의 아버지는 종이었고
지조 높은 개는 밤을 새워 어둠을 짖는다
나를 키운 건 팔 할이 어둠에 잠겨 있는데
이는 7차 교육과정이 증명한다

달그림자가 아무런 흔적도 남기지 못하고 사라진 이후
에도
끝끝내 빛으로만 세계를 인식하는 일

슬퍼하는 자는 복이 있나니
슬퍼하는 자는 복이 있나니

어떤 사람은 매일 아침에 마을 냇가에 나가
꽃을 띄워 보낸다 그는 매번
물살이 꽃을 이고 마을 너머로 가는 것을 지켜보고 냇가
를 떠났는데
한 마을 사람은 그에게 이제 충분하지 않느냐 묻고
누군가는 그가 보는 앞에서
흘러가는 꽃을 향해 침을 뱉었다

낮은 곳마다 물이 모여 강을 이루고
강변마다 사람들이 모여 마을을 이루고
마을마다 사람이 나고 사람이 죽고
눈 오면 비질하고 죽으면 조등 걸고 나면 금줄 치는 일

이런 일들이 반복된다
계속
계속
장소와 시간 그리고 상황에 따라 특정한 형태로
누군가는 꽃을 띄우고 누군가는 침을 뱉고
물가를 따라 마을들이 피고 진다

여래에 따르면 그러므로 꽃은 비어 있는 것이며
물은 비어 있는 것이며 슬픔은 비어 있는 것이며 사랑은
비어 있는 것이며 고통은 비어 있는 것이며
그러니까 누군가는 목을 매달고 뛰어내리고 칼을 맞고
쇳물을 뒤집어쓰고 불태워지고
남겨진 사람들은 통곡하는데

여래는 말한다
우리는 우리가 아닌데
우리라고 착각하는 일에서
고통이 태어나며 이는 모두
인과 연에 따라 일어난 일일 뿐이라고

그런 견해에도 여래는 거대한 수레를 만드는 일에 골몰
한다
모두를 이러한 굴레 밖으로 실어 나를 수 있는 수레
똥막대기 하나, 둘, 셋

슬퍼하는 자는 복이 있나니
슬퍼하는 자는 복이 있나니

우리 각자가 다른 고통과 다른 슬픔을 겪을 때에도
우리가 우는 소리가 같다는 것
누군가가 고통을 겪고 있다는 것을 알아차릴 수 있다는
것
시차를 폐기하지 않는 공통언어

우리가 우리가 아닐지라도
우리가 울 때 함께 우는 사람이 있다는 것
우리가 장소와 시간과 상황을 공유하지 않더라도
함께 슬퍼하는 사람이 있다는 것
이 시를 읽은 이가
단지 이미지일 뿐이더라도
매일 물에 꽃을 띄우는 사람의 이야기를 안타까워하듯
우리가 비어

있어
우리가 우리인 일

인간 하나
인간 하나
인간 하나

물이 되어 빛이 되어 그리고 꽃이 되어
네가 없이도 여기에서
사라졌던 달그림자가 수면에서
다시 진다

여래가 아닌
여래 하나
여래 하나
여래 하나
저희가 영원히 슬플 것이오

여래 하나

문 너머에서 소리 죽여 우는 소리가
들려올 때

여기서 네가 지워지고 있다

네가 아니었으면 나는 오래전에 죽었겠지
우리가 우리가 아니었겠지

새장을 가만히 들여다보고 있으면 눈물이 난다
　창밖에선 계속해서 건물 옥상에서 뛰어내리고 있는 내
가 있었고
　나는 방에 누워 너 대신
　방울공을 굴린다

모두가 슬프고
각자의 방향으로
마음이 무너져
대화가 불가능해질 때

우리의 슬픔이 각자의 방이 되고
문이 닫히고
문이 닫히고
각자의 언어가 부서지고

어둠

되도록 너와 행복했던 기억을 자주 떠올리라는 조언
그러나 그것은 너의 행복이 아닌 나의 행복이고
죄책감을 껴안아야 잠에 들 수 있는 날들
죄책감이 자꾸만 베개가 되는 일

대화가 망가지고도 우리는 함께 식탁에 앉아 밥을 먹었다
너는 밥을 먹는 사람의 어깨에 올라와 있는 것을 좋아했
지
너를 떠나보내고도 우리는 여전히 우리여서
반찬을 서로의 밥 위에 올려주었고
오늘은 어떤 날인지 물었고
괜찮을 거라고
다른 사람들처럼
그냥 다 괜찮을 거라고
말해주었다

슬픔이 단지 슬픔이고
고통이 단지 고통일 때에도
우리가 함께 식탁에 앉아
서로 다른 세계를 공유하는 일
너 없는 삶에서의 기쁨이자 너 없는 삶에서의 슬픔인 일

여기서 네가 빛의 바깥에 잠긴다

우리는 조금씩 너에 대해 이야기를 하는 것이 가능해졌다
이야기를 나눈 어느 날 밤엔
방문 너머에서 우리 중 한 명이 소리 죽여 우는 소리가
들려 잠에서 깼다
하지만 이미 죽어버린 내가
문을 가로막은 채 누워 있어
나는 내 시신 옆에 누워
괜찮다고 다 괜찮다고 중얼거렸다

우리가 우리가 가진 슬픔을 이야기할 때
각자의 슬픔이 침묵 속에 머물듯
우리가 더 이상 우리에게 없고
나는 산산이 깨어진 글자 같은데
언어가 끊임없이 나를 읽어낸다

사실 네가 방울공을 좋아하지 않았고 내가 아직 뛰어내
리지 않았듯이
'우리'는 구성물이므로 '더 이상'이라는 인식은 사후에
구성된 것에 불과하겠지
이처럼 너를 상실한 후 내가 갖게 되었던 마음의 상흔들
도
자아가 사후적으로 구성한 것에 불과한 것일까

하지만 우리에게 고통은 정말이고
우리가 우리에게 정말이어서
고통이 우리를 읽어내고
슬픔과 고통이 언어가 되는 일
여기 네가 빛의 바깥에 잠겨 있다

너 없이도 우리가 아닌 우리가
식탁에 모여 밥을 먹고
그럴 리가 없는데
문 너머에서 죽은 네가 있는 것만 같아서
네가 나를 찾아 스스로 새장 문을 열고 나오던 것처럼
나는
다시
다시
문을 열어 두리번거리게 되고

죽은 내가 문을 열고 걸어 나와
우리는 함께 앉아 밥을 먹었고
내 시신은 밥숟가락을 들다가 자꾸만 울음을 터트리고
우리는 괜찮다고
다 괜찮다고

사랑하는 일이 인간의 일이라면

아니 어쩌면 우리는 분명 용서받을 것이다
— 주디스 버틀러

가을비가 내린다
떨어진 물방울들의 몸이
부서진다

나는 비를 좋아했지만
너는 아니었지

결국 물이 가장 낮은 곳에 머물 듯
나는 내 마음에 익사할 것 같은데
방 안에는
비가 내리지 않는다

나뭇가지 아래에서
뻐꾸기가 비를 피하고
부서진 물방울들이 한데 모여 흐른다
물줄기가 배수구로 떨어진다

물은 배수 시스템을 따라
도시를 벗어나고 결국
더 이상 부서지지 않는 곳에 당도하겠지

우리가 다시 흙이 되고 물이 되면
부서진 채로 배수관을 흘러가는 물방울들처럼
세상이 끝날 때까지
슬퍼하지 않고
잠을 잘 텐데

네가 묻혀 있는 화분에서
죽은 너의 그림자가 자라난다

비가 그치면 뻐꾸기는 이곳이 아닌 다른 곳으로 이동할
것이다
  살아오는 동안 이미 서너 명쯤이
  내게 죽은 것 같다

어떤 이들의 고통은 낮고 어두운 곳에 머문다

빗소리
물방울들이 어둠 속에서 부서지고
있다

분명 용서받을 수 있을 거라고
나의 영혼이 나에게 있지 않은 것처럼
우리가 구조에 속하고

이것은 세계의 생리이므로
인간이 뻐꾸기의 생태를 이해하듯
용서받을 수 있을 거라고

나는 불을 끄고 누워
물방울이 부서지는 소리를 들으며
생각한다
생각한다
천국이 없다면
우리를 용서해줄 사람이 이미 없다면
어쩌면 좋을까

자라난 너의 그림자가 나를 읽는다
그럼에도 우리의 영혼이 우리에게 있는 일

그날 꿈속에서 나에게 죽은 사람을 만나
당신의 고통이 당신의 죄에서 기인한 것이 아니라 구조
에서 기인했듯
내 폭력 역시 구조로 인한 것뿐이었다고
그렇지만 미안하다고 말했는데
그가 어떤 반응을 보였는지는 기억나지 않았다

내가 사랑하는 이
내가 미워하는 이
나를 미워하는 이
이들 모두가 함께 사는
천국을 상상해보았는데

분리수거를 하고 돌아오는 길에는

죽은 뻐꾸기를 입에 문 고양이가 관목 사이로 사라지는
것을 보았다

또 비가 내렸고

일기예보에선 가을장마라고 했다

더는 부서지지 않는 곳에서 벗어난 물들이 부서지며

비를 피해 뛰어가는

사람들을 흠뻑 껴안았다

이곳에서 사랑하는 일이 인간의 일이라면

부서지는 일 역시 인간의 일일 텐데

사람이 싫었다

기적의 끝

슬프지 않았다면 널 만나지 못했겠지

그날 그곳에 가지 않았다면 널 만나지 못했겠지

너를 만난 걸 기적이라 생각한다

기적이 끝나고도
기적의 기적이 계속되고 있다

동원되거나 영향을 준 것들

장별 표지 그림

고야, 〈양 머리가 있는 정물화〉

프란시스코 데 수르바란, 〈Agnus dei〉

인용한 시

기형도, 「나리 나리 개나리」, 『입속의 검은 잎』, 문학과지성사, 1989.

기형도, 「비가2—붉은달」, 같은 책.

김수영, 「너를 잃고」, 『김수영 전집』, 민음사, 2018.

윤동주, 「팔복」, 『하늘과 바람과 별과 시』, 스타북스, 2022.

에드나 세인트 빈센트 밀레이, 「비가」, 『죽음의 엘레지』, 최승자 옮김, 인다, 2017.

파블로 네루다, 「책을 기리는 노래 1」, 『너를 닫을 때 나는 삶을 연다』, 김현균 옮김, 민음사, 2019.

* 이 외의 시는 의무교육 과정과 그 연장선상에 놓인 고등학교 과정을 거치며 접한 것들로 따로 인용 출처를 적지 않았다.

시 외에 인용한 글

김지하, 「풍자냐 자살이냐」, 『민족의 노래 민중의 노래』, 동광출판사, 1984.

이장욱, 「꽃들은 세상을 버리고」, 『창작과비평』 통권 128호, 창작과비평, 2005.

농림축산식품부, 「도축장 식육부산물 위생관리 매뉴얼」, 농림축산식품부, 2014.

보건복지부,「상실과 애도에 대한 정신건강안내서」, 보건복지부, 2014.

식품의약품안전처,「한국인을 위한 식생활지침」, 식품의약품안전처, 2021.

미셸 푸코,『나, 피에르 리비에르』, 심세광 옮김, 앨피, 2008.

제사 출처

롤랑 바르트,『애도일기』, 김진영 옮김, 웅진씽크빅, 2012.

파울 첼란,「프랑수아를 위한 비명(碑銘)」,『죽음의 푸가』, 전영애 옮김, 민음사, 2011.

윌리엄 셰익스피어,『리어왕』, 최종철 옮김, 민음사, 2021.

주디스 버틀러,『윤리적 폭력비판』, 양효실 옮김, 인간사랑, 2013.

『대반열반경』 8권.

이외

런던 맥주 홍수, 피털루 학살, 광주 민주 항쟁의 희생자들 그리고 시에 등장한 다른 모든 존재.

시를 쓰면서 소재가 되는 존재들을 정확하게 다루려 노력했다. 그게 내가 해줄 수 있는 일 같아서. 다만 「빛과 양식」과 「Why did the picture go to jail?」은 사실과 다른 점이 있었으나 고치지 못했다.

「빛과 양식」에 등장한 이십일 그램 실험의 희생물은 양이 아니라 개 열다섯 마리였다.

「Why did the picture go to jail?」에 등장하는 앵무새는 처칠이 키웠다는 앵무새 'Charlie'가 모델이다. 2004년 언론에 공개된 'Charlie'는 히틀러와 나치 욕을 해서 주목받았다. 하지만 처칠의 딸은 처칠이 욕하는 앵무새를 키운 적이 없다고 주장했다. 다만 처칠은 'Polly'라는 앵무새를 키웠고, 수상이 되기 전에 팔았다고 한다.

양들과 'Polly'에게 미안함 그리고 고마움을 전한다. 또한 내가 알지 못하는 양과 Polly에게도 미안함을 전한다.

삑 너와 약속했던 것처럼
그렇게
이곳에서 내가 너의 유산이 될게.

그러니 이 시집의 또 다른 주인인
삑의 유족들에게
이제 와 삑을 아는 모든 이들에게
사랑을 담아.

여름의 마지막 날에.

한 모금의 슬픔과 아름다움의 엔트로피

물이 가득 담긴 유리컵을 상상한다. 투명하고 밝게 찰랑거리는 유리컵이다. 희지 않음에도 희다는 단어를 떠올리게 되는 장면. 한 조각의 빛이 유리컵을 지나 여러 개의 빛살로 나뉜다. 다시는 하나가 될 수 없는 조각들이 테이블 위에 오래도록 머문다. 하나의 단어가 영원히 나뉘는 모습. 마음에도 물성이 있다면, 우리의 마음도 저런 모습인 것은 아닐까.

어떤 시간은 우리의 마음을 돌이킬 수 없게 만든다. 한 조각의 빛이 여러 개의 빛살로 나뉘고 말듯이, 우리의 마음도 시간 속에서 영원히 돌이킬 수 없게 된다. 단정했던 마음이 슬픔, 기쁨, 증오, 미움 같은 하나의 단어로 말해질 수 없게 되는 순간, 우리는 비로소 그리움을 알게 된다. 단 하나의 마음으로 사람을, 사물을, 세계를 대할 수 있었던 시절이 있었음을 비로소 알게 된다. 그리고 생각하는 것이다. 하나의 사물을 미워하며 사랑할 수 있다는 것을, 한 사람을 그리워하는 마음으로 오래도록 떠나갈 수도 있다는 것을.

왜 사람의 마음은 갈수록 부서지고 마는 걸까. 왜 사람의 마음은 그토록 쉽게 구부러지고 휘어져, 끝끝내 말할 수 없게 되어버리고 마는 걸까. 사랑을 고백하는 마음으로 평생을 살아갈 수는 없는 것일까. 어쩌면 사람의 마음도 물성이 있어 다른 마음과 마주하는 순간 부서지고 깨어지는 것일까. 우리의 마음이라는 것도, 닫힌계 안에서 자신의 운동속도와 방향을 따라 다른 사물에 부딪힐 때까지 영원토록 달려가는 다른 사물들과 다를 바 없는 것일까. 질문을 질문으로 이으며, 그 와중에도 마음은 으깨어지길 반복하면서, 무수한 문장이 피어난다.

설하한의 시는 조각난 마음을 지닌 사람의 기록이다. 이 모든 것이 돌이킬 수 없게 되었음을 알고 있음에도 자신의 조각난 마음을 한 조각씩 쓸어 담을 수밖에 없는 사람의 뒷모습이다. 그의 시 속에서 마음은 흔들리고 깨어지며 때로는 물처럼 넘치고 흘러간다. 그럼에도 마음은 자꾸만 피어나 놓친 조각들보다 더 많은 양이 넘쳐흐른다. 그 속에서 최초의 계기는 알아볼 수 없을 지경으로까지 흐려지지만, 그럼에도 그것은 지워지지 않는 자국으로 그의 언어 곳곳에 남아 있다.

분명 용서받을 수 있을 거라고
나의 영혼이 나에게 있지 않은 것처럼
우리가 구조에 속하고
이것은 세계의 생리이므로
인간이 뻐꾸기의 생태를 이해하듯
용서받을 수 있을 거라고

나는 불을 끄고 누워
물방울이 부서지는 소리를 들으며
생각한다
생각한다
천국이 없다면
우리를 용서해줄 사람이 이미 없다면
어쩌면 좋을까

자라난 너의 그림자가 나를 읽는다
그럼에도 우리의 영혼이 우리에게 있는 일

그날 꿈속에서 나에게 죽은 사람을 만나
당신의 고통이 당신의 죄에서 기인한 것이 아니라 구조에서 기인했듯

내 폭력 역시 구조로 인한 것뿐이었다고
그렇지만 미안하다고 말했는데
그가 어떤 반응을 보였는지는 기억나지 않았다
　　　　　　　　　—「사랑하는 일이 인간의 일이라면」 부분

　최초의 계기. 그것은 우리가 지닌 언어와 우리가 가진 시각의
휘어짐을 결정한다. 그리하여 그것은 우리의 마음의 형태를 결
정하고, 끝내는 영혼의 형상에까지 침입하여 휘어지도록 만든
다. 그렇기에 "분명 용서받을 수 있을 거라"는 믿음은 "우리를
용서해줄 사람이 이미 없다면 / 어쩌면 좋을까"라는 번민으로
이어지고, "이곳에서 사랑하는 일이 인간의 일이라면 / 부서지
는 일 역시 인간의 일일 텐데"라는 슬픈 깨달음으로 이어진다.
그것이 진실인지 아닌지는 중요하지 않다. 이 모든 문장은 그의
영혼이 휘어져 있음을, 그리하여 어떤 방향으로 나아가고 있는
지를 알려줄 뿐이므로.
　그러므로 이 시집에서 '만약'이나 '~라고 하자'와 같은 가정
법은 실패한다. 시적 세계 자체가 최초의 계기로 인해 휘어져 있
기에, 그의 언어는 결코 자신이 원하는 방향으로 가지 못하며 그
러한 휘어진 방향을 따라 조금은 느슨하면서도 결코 막지 못할
속도로 흘러간다. 느슨함과 비가역성이 결합할 때, 그 자리에서
는 슬픔이 고개를 내민다. 이 모든 상황이 손에 잡힐 듯 느슨한
속도로 흘러가고 있음에도 그것이 자신의 손으로 제어될 수 없
는 것임을 알아차릴 때, 속도는 그 자체로 슬픔으로 변모한다.
　우리가 그의 시를 읽으며 느낀 아름다움이 슬픔을 예감하도
록 만드는 이유가 여기에 있다. 그의 가정이 이미지를 태어나게
하고, 그러한 가정이 쌓이고 쌓여 마침내 가능한 세계 중에서 한
가닥의 빛을 발견하더라도, 그것이 이미 비가역성에 포획되어
있을 것임을 알고 있기 때문이다. 슬픔을 예비하는 아름다움과
그것을 바라볼 수밖에 없는 '나' 사이의 간극. 나는 이것이 설하
한의 시를 구성하는 기본적인 구조가 아닐까 생각하면서도, 이

시집을 읽는 내가 처한 곤경인 것은 아닐지 생각하곤 했다. 사실
이 모든 시적 시도들은, 그 속에서 펼쳐지는 '나'의 정황은 견딜
수 없는 비가역적인 현실과 유한한 가능성들 사이에서 다시금
새로운 마음을 태어나게 하려는 시도인지도 모른다.

　　어떤 과학자는 우주의 모든 것을
　　빛으로 설명 가능하다고 했다
　　빛을 사랑하는 빛
　　빛을 덮는 빛
　　산 채로 깃털이 뽑히는 빛
　　머리가 잘리는 빛
　　빛을 삼키는 빛
　　빛
　　빛

　　지폐 몇 장을 쥐고
　　밤의 시장에 새를 구하러 간 적 있다
　　새장 가장 구석에서 몸을 잔뜩 부풀리고 있던 작은 새를 집
　　에 데려왔는데
　　그다음 날에도 조류원의 새장 가장 구석에는 새가 있었다
　　　　　　　　　　　　　　　　　　　　　　　　　　　　　　　　　　　　　　ー「레진」부분

　하지만 새로운 마음이 태어난다면, 그것으로 족할까. 새로운
마음은 정말 새로운 마음이라서 최초의 계기로부터 상관도 없
을 만큼 먼 거리에 놓일 수 있을까. 나는 설하한의 시가 그러한
섣부른 시도라고는 생각하지 않는다. "새장 가장 구석에서 몸을
잔뜩 부풀리고 있던 작은 새를 집에 데려왔는데", "그다음 날에
도 조류원의 새장 가장 구석에는" 또 다른 새가 있음을 보았던
것처럼(「레진」), 어쩌면 그는 새롭게 태어난 마음도 다시금 휘
어지고 구부러져 흐르고 깨어지게 될 것임을 알고 있지 않을까.

그렇다면 그의 시에서 이따금 고개를 들이미는 가정의 양상을 어떻게 받아들여야 좋을까.

어쩌면 이 모든 가정은 단지 후회로 점철될 후일담이 아니라, 이전에 실패했던 정황을 더 잘 실패하기 위해 마련한 시적 정황인지도 모른다. 비록 내가 바라보는 모든 사물이, 마치 "컵 속의 물은 나의 마음과 무관하게 / 맑고 차갑다"는 것을 알고 있더라도, '나'의 시선이 계속해서 외부 세계의 사물들을 향하는 것은 단지 어떤 가망 없는 희망을 찾아 헤매는 것과 다르다. 그건 시인의 말을 빌리자면 이런 것일 테다. "가능하지 않은 이야기들"을 "그러나 가능성과 상관없이"(「슬픔이 물이 될 때」) 바라보는 것. 슬픔을 예비하는 아름다움의 자세로, 실패를 예비하기 위한 가능성의 모습이 되는 것. 그리하여 전보다 더 잘 실패하는 것 말이다.

물론 이 세계 속의 '나'에게, '더 잘 실패하기'가 무엇인지는 알 수 없다. 그것이 자신의 깨어진 마음을 언어를 통해 정련하는 것인지 혹은 실패의 순간을 무화시킬 수 있을 계기를 마련하는 것인지, 우리는 이 한 권의 시집만으로 재단할 수 없다. 그리고 아마도, 둘 모두 아닐 것이다. 이 시적 주체가 원하는 것은 그와 같은 정련이나 무화와는 다소의 거리가 있을 것이다. 오히려 그의 시적 주체가 말하고자 하는 바는 그런 것일지 모른다. 우리에게는 받아들일 수 없는 순간이 있다는 것. 우리에게는 도저히 설명할 수 없는 사실이 있다는 것. 우리가 부정확한 목소리와 발음으로, 혹은 비틀거리는 발걸음으로 하얀 종이 위를 계속해서 걸어가는 건 그런 때문이라고.

> 슬픔이 깊다고 하면 마음은 물일까
> 컵 속의 물은 나의 마음과 무관하게
> 맑고 차갑다
>
> (…)

천국이 있다면 너는 지금 천국에서 천국을

낯설어할 텐데

사랑하는 것들과 작별 인사를 하지 못해 슬퍼할 텐데

나는 천국에서도 불안하고 슬플 수 있다는 게 이해되지 않

는다

—「슬픔이 물이 될 때」 부분

설명할 수 없는 아름다움과 설명할 수 없는 슬픔이 가느다란 예감으로 이어져 있는 것처럼, 그에게 이해할 수 없는 사실이 있다는 것은 곧 이 세계가 닫힌계가 아니라는 유일한 희망과 이어져 있다. 그렇기에 그는 슬픔 속에서도 자신이 이해할 수 없는 바가 있음을 찾아 헤매고, 잔인한 현실 속에서도 자신이 이해할 수 없는 바가 있음을 찾아 헤맨다. 그가 원하는 것은 이해가 아니라, 이해할 수 없다는 사실 그 자체인 셈이다. 이해할 수 없는 일들이 인간의 마음을 움직이고, 이해할 수 없는 사실이 인간의 행동을 부추긴다는 건 그래서 슬프고 괴로운 일이면서 동시에 이 세계에 마련된 유일한 희망이 된다.

영혼을 증명하려던 의사는 실험 끝에

죽게 되면 몸은 이십일 그램쯤 가벼워지고 그것이 영혼의

무게라고 결론 내린다

과학자들은 실험상 오류였을 뿐이라고 반박한다

오류였을 뿐이라고

그냥 그랬을 뿐이라고

그러나 세계는 원래 오류투성이라고

나는 쉽게 결론 내리곤 했다

죽은 동물이 놓인

접시 앞에서

단지 그럴 뿐이라고

우리 내부에 빛 같은 것이 있다는 믿음
영혼을 증명하기 위해 의사는
양 열 마리를 죽였다
그들과 우리 내부에 같은 것이 있다면
어떻게 우리는 이런 일들을 저지르지

빛은 영원히 살고
블랙홀 주변의 어떤 공간은
과거와 미래의 빛이 모두 모인다
그곳에 죽은 양들의 흰 털빛과
나와 새가 함께 물을 마시던 유리잔에 머물던 빛도
그곳에 있을 거라고 상상해보는데
인간은 단지
고기로 이루어진 생존 기계라서
영원하기 위해 영혼을 증명하려는
오류를 종종 겪는 것뿐이라면   —「빛과 양식」 부분

　「빛과 양식」이라는 시에서, 화자는 이렇게 말한다. "그러나 세계는 원래 오류투성이라고 / 나는 쉽게 결론 내리곤 했다"고. 우리에게 이해할 수 없는 사실이 있다는 것, 그리고 그것이 우리의 영혼을 휘어지게 만드는 것은 세계가 오류투성이이기 때문이라고, 이제는 더 이상 생각하고 싶지 않다고 말하는 것처럼. 하지만 그는 끝내 받아들이지 못한다. 오류라는 말로 이 모든 것을 받아들이기에, 그에게 세계는 너무나도 잔인하게 펼쳐져 있으므로. 그렇기에 "우리 내부에 빛 같은 것이 있다는 믿음"을 증명하기 위해 스스럼없이 "양 열 마리를 죽"이는 의사의 모습을 바라보며 그는 생각하는 것이다. "그들과 우리 내부에 같은 것이 있다면 / 어떻게 우리는 이런 일들을 저지르지". 우리에게 이 말이 영혼을 증명하고자 한 학자의 실험보다 더욱 영혼을 증명하는 말로 다가오는 건 그런 까닭이 아닐까.

단정을 받아들일 수 없는 마음. 그건 그가 경험하는 고통의 시작이면서, 그가 그려내는 모든 아름다움이 끝내 슬픔을 예감하게 만드는 원인이다. 만약 그가 이 모든 슬픔의 가능성을 단정하며 그것은 오류라고 말할 수 있다면, 우리는 아무런 고통 없는 아름다움을 이 시집에서 만나게 되었을 것이다. 어떠한 명암도 지니지 않은, 다만 평평할 뿐인 아름다움. 그렇다면 우리에게 그것은 정말 아름다움으로 비춰질 수 있었을까. 그러니 그에게 있어 진실로 받아들일 수 없는 것은 인간과 세계가 오류투성이라는 것이 아니라, 그러한 단정 속에서 눈앞의 현실을 지식의 방식으로 환원하여 받아들이는 태도이다. 아름다움이 깊이를, 그림자를, 그리하여 슬픔을 예감하게 되는 것은 바로 이 지점에서이다. 확실한 것처럼 느껴지는 과학적 사실만으로 환원되지 않는 무언가가 여전히 이 자리에 남아 있다는 것을 포착할 때, 그리하여 이 모든 사실을 '나'는 완전히 이해할 수 없다는 절망을 경험하는 바로 그 순간 말이다. 그 순간 이미지는 자신의 절망을 슬픔의 형태로 예비한다. 우리가 지나쳐온 이미지가 최후의 순간에 이르러 아름다움을 획득하게 되는 것이다.

그러니 이렇게 말해도 좋을 것이다. 그의 이미지는 슬픔의 시간 속에서 아름다움을 획득한다고. 슬픔을 예감하는 아름다움이란, 그렇게 후일담의 형식을 띨 수밖에 없다고. 어쩌면 그러한 의미에서, 최초의 계기라는 것도 실질적으로 그의 시적 주체가 자신의 생애 속에 경험한 어떤 사건이 아니라 주체의 이 모든 언어가 아름다움을 포착하는 그 순간에 사후적으로 구성되는 것인지 모른다. 마치 스스로의 꼬리를 먹는 뱀처럼, 이 시집에서 슬픔과 아름다움은 서로를 사후적으로 구성하며 계속해서 맞물리기를 반복한다고 말해도 크게 사정이 다르지는 않을 것만 같다.

슬픔과 아름다움의 연쇄. 하지만 그의 주체가 바라는 건 이 두 가지가 거듭 반복되는 상황은 아닐 것이다. 그의 주체가 바라는 것은 이 모든 현상이 영원히 지속되는 것이 아니라 실패를 통해 깨어지는 것이고, 그리하여 우리가 존재하는 이곳이 닫힌계가 아

님을 확인하게 되는 순간일 테니. 그렇다면 우리는 그의 시적 주
체가 가진 영혼이라는 것이 혹은 마음이라는 것이 어떤 방향으
로 휘어져 있는가를 비로소 조금은 짐작할 수 있게 된다. 그것은
실패하는 것. 그리하여 깨어지는 것. 이 모든 단정한 현실이, 설
명 가능한 모든 현상이, 현실화되지 못한 가능성은 존재하지 않
는 것이 되고야 마는 세계가 깨어지는 것. 우리가 잃어버린 돌아
올 수 없게 된 사실들이 다시 우리의 곁으로 돌아오는 것 말이다.

　　우리 각자가 다른 고통과 다른 슬픔을 겪을 때에도
　　우리가 우는 소리는 같다는 것
　　누군가가 고통을 겪고 있다는 것을 알아차릴 수 있다는 것
　　시차를 폐기하지 않는 공통언어

　　우리가 우리가 아닐지라도
　　우리가 울 때 함께 우는 사람이 있다는 것
　　우리가 장소와 시간과 상황을 공유하지 않더라도
　　함께 슬퍼하는 사람이 있다는 것
　　이 시를 읽은 이가
　　단지 이미지일 뿐이더라도
　　매일 물에 꽃을 띄우는 사람의 이야기를 안타까워하듯
　　우리가 비어
　　있어
　　우리가 우리인 일
　　　　　　　　　　　　　　　ㅡ「슬퍼함과 함께 살아가기」 부분

　우리는 때때로 완전한 애도에 대한 환상에 사로잡혀 자신의
우울을 믿지 못하게 된다. 하지만 어느 누구도 완전한 애도에 이
를 수는 없다. 완전한 애도는 망각에 대한 죄책감이 만들어낸 허
구에 불과하다. 애도는 거듭되는 상실의 우울이 오래도록 그 주
위를 돌고 있는 중심점에 다름 아니다. 어쩌면 우리는 설하한의

시적 언어가 보여주는 흐름과 길이, 그리하여 도출되는 영원에 가까운 시간성을 이와 같은 방식으로 이해할 수 있을 것이다. 돌이킬 수 없는 상실의 주변을 영원히 맴돌며, 그 과정에서 깨어진 마음의 조각들이 아름다운 이미지로 다시 태어나는 일. 불가능에 가까운 일을 거듭 반복하면서 깨어지길 무수히 반복하면서도 상실로부터 멀어지지 않기를 선택하는 일. 한 조각의 슬픔이 무수한 아름다움으로 피어나고, 무수한 아름다움은 다시금 슬픔으로 피어난다면, 이 세계는 실패가 피워낸 아름다움이, 아름다움이 예감하는 슬픔이 쌓여갈 것이다. 따라서 중요한 것은 그의 시를 선형적 시간의 흐름으로 재배열하고 이해하는 일이 아니다. 그의 슬픔과 그가 느끼는 절망과 이 모든 것을 둘러싼 아름다움이, 그것을 그려내는 시적 화자의 영혼이 어떤 방향으로 휘어져 있는가. 이 모든 휘어짐의 각도, 그것이 우리가 이 시집을 받아들이기 위한 유일한 초점이 된다.

그렇기에 우리는 이것을 단지 슬픔이라 말할 수는 없을 것이다. 이것은 슬픔이되, 반복되는 아름다움이며, 모든 것을 깨뜨리기 위해 쌓여가는 실패의 흔적이다. 그 실패가 임계점에 도달할 때, 우리는 비로소 마주하게 될 것이다. 영원한 균형 속에 흘러가는 줄 알았던 세계가 사실은 찰나에 가까운 평형 상태에 불과했다는 것을. 그리하여 마침내 "우리가 우리를 초과해서 다시 우리"(「불가능한 얼굴」)이게 되는 순간을, 아무것도 변화하지 않았음에도 우리가 잃어버린 모든 것이 오래도록 우리와 함께 하고 있었음을 알게 될 것이다. 그때에 우리는 알게 되는 것이다. 왜 우리의 마음이 이토록 부서지고 찬란히 깨어져 왔는지를.

임지훈 (문학평론가)

지은이 설하한

2019년 『한국경제신문』 신춘문예로 작품 활동을 시작했다.
『사랑하는 일이 인간의 일이라면』은 첫 시집이다.

사랑하는 일이 인간의 일이라면

초판 1쇄 발행   2024년 2월 5일
초판 2쇄 발행   2024년 12월 23일

지은이   설하한

발행인   박지홍
발행처   봄날의책
등록   제311-2012-000076호(2012년 12월 26일)
주소   서울 종로구 창덕궁4길 4-1, 401호
전화   070-4090-2193
전자우편   springdaysbook@gmail.com

기획·편집   박지홍
디자인   전용완
인쇄·제책   세걸음

ISBN 979-11-92884-30-1 03810

이 도서는 2024년 한국문화예술위원회 아르코문학창작기금(문학창작산실) 사업에 선정되어 발간되었습니다.

표지 그림은 정주 작가의 〈유령들〉(린넨에 혼합매체, 91×91cm, 2021)입니다.